李佩甫
小传

一九五三年阴历九月，生于河南许昌。一九七一年三月四日，下乡当了知青，曾为知青生产队的队长。一九七四年考入许昌技校，毕业后为许昌市第二机床厂工人，曾开过c618、c620、c630等各种型号机床。一九七七年调入许昌市文化局搞文学创作。

又于一九八三年调入河南省文联任编辑，专业作家，后为河南省文学院院长，中国作协全委会委员，河南省文联巡视员，河南省作协主席。

自一九七八年开始发表作品。著有长篇小说《生命册》《羊的门》《城的灯》《平原客》《城市白皮书》《等等灵魂》《李氏家族》《河洛图》等12部；中短篇小说集《黑蜻蜓》《无边无际的早晨》《钢婚》《田园》《李佩甫文集》等8部；电视连续剧剧本《颍河故事》《平平常常的故事》等6部。作品曾先后获庄重文文学奖、施耐庵文学奖、《人民文学》双年奖、"五个一工程"奖、飞天奖、华表奖、中国出版政府图书奖等奖项。长篇小说《生命册》获第九届茅盾文学奖。长篇小说《羊的门》入选改革开放四十周年最有影响力小说之一。作品曾先后翻译到美、英、日、法、韩等国家。

现为河南省作协名誉主席。

百年中篇小说名家经典

BAINIAN
ZHONGPIAN
XIAOSHUO
MINGJIA JINGDIAN

总 主 编　何向阳

本册主编　何向阳

无边无际的早晨

李佩甫　著

河南文艺出版社
·郑州·

一种文体与
一百年的民族记忆

何向阳 （丛书总主编）

　　自 20 世纪初,确切地说,自 1918 年 4 月以鲁迅《狂人日记》为标志的第一部白话小说的诞生伊始,新文学迄今已走过了百年的历史。百年的历史相对于古老的中国而言算不上悠久,但 20 世纪初到 21 世纪初这个一百年的文化思想的变化却是翻天覆地的,而记载这翻天覆地之巨变的,文学功莫大焉。作为一个民族的情感、思想、心灵的记录,从小处说起的小说,可能比之任何别的文体,或者其他样式的主观叙述与历史追忆,都更真切真实。将这一百年的经典小说挑选出来，放在一起，或可看到一个民族的心性的发展，而那可能被时间与事件遮盖的深层的民族心灵的密码，在这样一种系统的阅读中，也会清晰地得到揭示。

所需的仍是那份耐心。如鲁迅在近百年前对阿Q的抽丝剥茧，萧红对生死场的深观内视，这样的作家的耐心，成就了我们今天的回顾与判断，使我们——作为这一古老民族的每一个个体，都能找到那个线头，并警觉于我们的某种性格缺陷，同时也不忘我们的辉煌的来路和伟大的祖先。

来路是如此重要，以至小说除了是个人技艺的展示之外，更大一部分是它对社会人众的灵魂的素描，如果没有鲁迅，仍在阿Q精神中生活也不同程度带有阿Q相的我们，可能会失去或推迟认识自己的另一面的机会，当然，如果没有鲁迅之后的一代代作家对人的观察和省思，我们生活其中而不自知的日子也许更少苦恼但终是离麻木更近，是这些作家把先知的写下来给我们看，提示我们这是一种人生，但也还有另一种人生，不一样的，可以去尝试，可以去追寻，这是小说更重要的功能，是文学家个人通过文字传达、建构并最终必然参与到的民族思想再造的部分。

我们从这优秀者中先选取百位。他们的目光是不同的,但都是独特的。一百年,一百位作家,每位作家出版一部代表作品。百人百部百年,是今天的我们对于百年前开始的新文化运动的一份特别的纪念。

而之所以选取中篇小说这样一种文体,也是出于这个原因。

中篇小说,只是一种称谓,其篇幅介于长篇小说和短篇小说之间,长篇的体积更大,短篇好似又不足以支撑,而介于两者之间的中篇小说兼具长篇的社会学容量与短篇的技艺表达,虽然这种文体的命名只是在 20 世纪的七八十年代才明确出现,但三四十年间发展迅速,其中的优秀作品在不同时期或年份涵盖长、短篇而代表了小说甚至文学的高峰,比如路遥的《人生》、张承志的《北方的河》、莫言的《透明的红萝卜》、韩少功的《爸爸爸》、王安忆的《小鲍庄》、铁凝的《永远有多远》等等,不胜枚举。我曾在一篇言及年度小说的序文中讲到一个观点,小说是留给后来者的"考古学",

它面对的不是土层和古物，但发掘的工作更加艰巨，因为它面对的是一个民族的精神最深层的奥秘，作家这个田野考察者，交给我们的他的个人的报告，不啻是一份份关于民族心灵潜行的记录，而有一天，把这些"报告"收集起来的我们会发现，它是一份长长的报告，在报告的封面上应写着"一个民族的精神考古"。

一百年在人类历史上不过白驹过隙，何况是刚刚挣得名分的中篇小说文体——国际通用的是小说只有长、短篇之分，并无中篇的命名，而新文化运动伊始直至70年代早期，中篇小说的概念一直未得到强化，需要说明的是，这给我们今天的编选带来了困难，所以在新文学的现代部分以及当代部分的前半段，我们选取了篇幅较短篇稍长又不足长篇的小说，譬如鲁迅的《祝福》《孤独者》，它们的篇幅长度虽不及《阿Q正传》，但较之鲁迅自己的其他小说已是长的了。其他的现代时期作家的小说选取同理。所以在编选中我也曾想，命名"中篇小说名家经典"是否足以囊括，或者不如叫作"百年百人百部小说"，但如此称谓又是对短篇小说的掩埋和对长篇小说的漠视，还是点出

"中篇"为好。命名之事，本是予实之名，世间之事，也是先有实后有名，文学亦然。较之它所提供的人性含量而言，对之命名得是否妥帖则已显得不那么重要了。

值此新文化运动一百年之际，向这一百年来通过文学的表达探索民族深层精神的中国作家们致敬。因有你们的记述，这一百年留下的痕迹会有所不同。

感谢河南文艺出版社，感动我的还有他们的敬业和坚持。在出版业不免受利益驱动的今天，他们的眼光和气魄有所不同。

2017 年 5 月 29 日　郑州

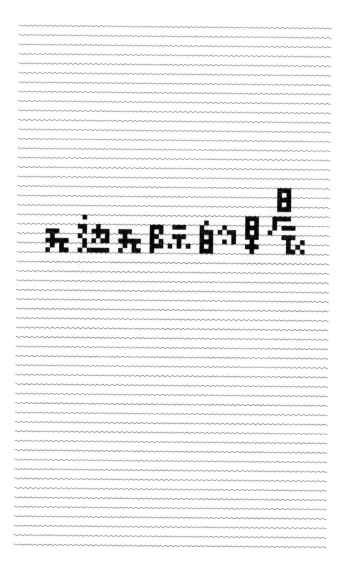

无边无际的早晨

呀！"又折回头踉踉跄跄地往灶屋奔。 国的娘坚忍地跨进灶屋，半躺在地上，慌慌地把灶里的灰扒出来铺在下身处。 九月天，风是很凉的，躺倒在地的国的娘怕冻了将要出世的孩子，再次忍住腹疼起身，把一小捆点燃了的豆秆火续接在那片摊开的草木灰上。 国的娘就这样头枕着灶屋的门槛躺在那片草木灰上，用一声声无助无援的痛苦的呻吟去迎接那个伟大的时刻。

在国的艰难的诞生中，国的娘曾经昏过去三次。 每次从冷风中醒来，国的娘都勇敢地呼唤着："快吧，快吧，儿呀，我的肉肉哇，快点吧！ ……"在娘的挣扎呼唤声中，国的头随着血水慢慢地滑出来。 当国的身子还在娘肚里的时候，铺了草木灰的黑色大地已接受了他那小小的头颅。 于是，在国的身子落地之前，就闻到了混着血水和草木灰的泥土的气息。 那时候因为国的娘几经挣扎移动，使国那慢慢滑动的头正对着灶口，而灶里的豆秆火也已烧到了灶口，流淌的血水虽然阻止了火的蔓延，可国的身子还在一点一点地往下滑动，滑动……当国的娘再次醒来时，她已着实感觉到了脚边的灶热！ 为了不让灶口的豆秆火伤了孩子，国的娘做了最后的挣扎。 她的两只脚顶在灶角处，身子一点一点地向上移动，以至于半个身子都枕在了灶屋的门槛上。 国的娘在最后的挣扎中用尽了全身的气力，于是便有更多的血液从下身处淌出来，去与灶口的豆秆火对垒……而国仿佛听到了大地的召唤，在血与火的战争、生与死的搏斗中，加速了他的滑动。

　　晨光亮了，九月的冷风掠过低矮的土墙，随雀儿在空荡的柴院里打旋儿。 这时国的娘半个身子都沐浴在冰冷的晨风之中，冲荡的冷风一次又一次地肆虐着进行伟大生产的国他娘。 承受着生育之苦的国他娘已通体麻木，身上连一点热气也没有了，但她内心深处的呼唤从未减弱过。 终于，在神经彻底麻痹之前，眼望皇天的国他娘听到了一声响亮的啼哭……

　　那一声啼哭像号角一样响在大李庄的上空，随九月的晨光飘进了一座座农家小院，久久不绝。 不用说立时惊动了四邻的婶子大娘，当邻居们匆匆赶来的时候，赤条条的国离灶口只有四指远了！ 他身旁是一把生锈的剪子，脐带还连在母亲的身上……

　　于是国得救了。 可国的娘再也没有醒过来……

　　国命硬是不消说的。 七天之后，远在平顶山的煤窑上拍来电报说，国的爹在井下挖煤时被砸死了。 那也是早晨，快下班的时候……

　　这一切国都不知道。 他一睁开眼就看到了许多张脸，看到了一双双充满怜爱的眼睛，于是国很残酷地笑了。 国的笑使大李庄的女人们纷纷落下泪来；她们更紧地抱住孩子，说："娃呀，可怜的娃呀！"

　　国在襁褓中为他娘送了葬。 这时他在四婶的怀抱里第一次来到村外，见识了无边无际的蓝天，见识了仿佛一世也走不出的黄土地。 秋渐深了，天极高，云儿极淡，大地赤裸裸地横躺着，一片乏极了的静。 在送葬的土路上，黑压压的人群在缓缓地移动，高挑的"引魂幡"晃着刺眼的白。 国一定是在缓慢的移动中感觉到了什么，他突然哭起来。 他的哭声像一管哀乐，伴着那凄婉和沉重走向坟地。 娘的"牢盆"是国自己摔的。 在路口上，四婶捏着他那嫩嫩的小手去摸"牢盆"，而后四婶突然松了手，紧接着他听到了一声摔成碎片的脆响！ 于是他哭得更加锐利。 这响声在他小小的脑海里烙下了很深的印痕，直到多年后，他才明白，那是恐惧，失去依托的恐惧。

从此，国的待遇升格了，他由一家人的孩子变成了一村人的孩子。 大李庄村的女人们为他提供了最优秀最廉价的热量。 队长老黑站在村口的大碾盘上庄严地宣布："妇女们听着，喂一次奶记三分！ 哇，喂胖了鳖儿我奖励她！ 哇，奖励她一升半——×他娘两升——谷子！"那时，村里规定割五斤草记一分，这是割十五斤草的价码。 如果按队里年终结算的价值，一个工分值人民币六厘六，三分合人民币一分九厘八，差二厘不够买一盒火柴的钱。 老黑还说："听着，'党员媳妇'喂奶可不记分！"老黑是党员，他媳妇喂奶自然是不记分的。 女人们听了却乱哄哄地"噫噫"道："娘那脚老黑，不记工分能叫娃儿饿着？！"

国什么都可以抵赖，唯独吃百家奶长大这一条是无法抵赖的。 那时候，只要是生了娃的大李庄女人没有不瘦的，那没有血色的黄瘦便是他一次次贪婪吮吸的记录。 多年后，国在私下讲酸话的场合里曾经给人吹嘘，说他摸过一百多个女人的奶子！ 奶子是女人最圣洁的地方，人们自然不信，要他细细说。 国无法说，也不能说，只神秘地笑笑。 但国心里清楚，那时候他从一家转到另一家，嘴里吃的，手里抓的，就是那肥白。 没有奶水时他就咬，咬得女人们哇哇乱叫，这状况一直持续到他三岁的时候，在大李庄村，只要是生过娃的女人，都知道他的小狗牙厉害！

国三岁时才起名。 那时上头来人普查人口，一个村一个村地挨着查，村上人们全都站在场里挨个登记。 查到最后见队长老黑还抱着一个娃儿，驻队干部就问："这娃子啥名?"队长老黑"嘿嘿"笑着说："没名。"驻队干部大笔一挥说："就叫'治国'吧。"

二

后来人们说国天生是做官的料，那是有根据的。

国六岁时便被称作"二队长"。 那时，他光着屁股蛋儿，嘴上挂着两筒鼻涕，整日里跟在队长的屁股后头晃悠。队长派活儿时他也跟着，队长说："叫南坡的地犁犁。"他就说："叫南坡的地'哩哩'。"队长说："谷子该割了。"他也说："谷子该'哥哥'。"每到夕阳西下，队长像瓮一样往村口一蹲，国就气势势地在他身边站着。 遇上割草的孩子，队长就眯着眼问："没捎点儿啥？"打草的孩子自然说："没捎。""真没捎？"队长慢悠悠地问。 孩子们便怯怯地放下草筐，说："你搜，你搜。"队长便歪歪脖说："国，过去摸摸，看鳖儿扒红薯了没有？"国就跑过去摸。 草筐很大，摸是摸不出来的。 队长就说："让鳖儿扣过来！"国说："扣过来！"于是割草的孩子就顺从地把草筐扣过来。 这时队长又问："国，听见响了没？"国要说没，队长就说："让鳖儿滚吧！"国就说："滚！"有时也搜女人。 那会儿日子艰难，女人腰大，下地回来总要塞点什么。 搜女人时队长就蹲在那儿，让国去摸女人的腰。 国的小手在女人的腰上摸来摸去，摸得女人咯咯地笑。 女人也不气，知道孩子小，不懂事儿，只骂队长不是东西！ 队长眼角处邪邪地笑着，却一脸的严肃，嘴里说："老实！"又让国往深处摸……也有搜出来的时候，就罚。 偷了红薯或玉米的，就把东西往脖里一挂，让国跟着在村里走一圈儿。 丢了人的女人一路走着哭着，一声声喊国，国说算了才能回去。 待到收工之后，国便气势势地往路口一站，喊："老三，过来。"队长就笑了："喊叔。"国又喊："老三，你过来不过来？"队长说："鳖儿——喊叔！"国阳阳地撅起肚儿来，两手一夹："老三，我×——"队长骂一声："鳖儿！"就乖乖地赶过去蹲下了。 国两腿一跨骑在队长脖里，叫道："喔——驾！"队长立即驮起他，小跑回村去。 国骑在队长的脖上昂昂地从村里过，有时还要在村里转上三圈儿，手拧了耳朵放他走。 若是碰上哪家女人好针线，队长喊一声："鳖儿的裤子烂了，给他缝缝。"说了，就有女人拐回家拿了针线出来，好言哄他下来，就势蹲下给他缝。缝好，在裤裆处把线头咬断，替他拍拍身上的土，又任他撒欢去了。

有一段时间，国又被称作"驻队干部"。那时候，村里有个驻队干部老马，每天到各家去吃派饭，他也跟着吃，伙食自然好些。老马瘦瘦的，高，戴个眼镜，走路两手背着，望天儿。国跟在他屁股后，走路也背着小手，脖子梗着，一晃一晃的很神气。进了哪家，哪家人慌慌地说："驻队干部来了。"国就大声说："来了。"老马坐下了，他也跟着坐，一碗一碗让人端着吃。可老马常回城里去，国却没地方可去，于是就怅怅地在村口望。望见老马，就说："走，上狗家吃，狗家有豆腐。"后来老马回城去了。国自然是走到哪家吃哪家，走到哪家住哪家，啥时饿了啥时就吃。家景好些的给他烙块白馍；家景孬的，给他拍块玉米面饼子，没亏过他。可国还是想老马。再后国见了老马，知道他原是县文化馆的一般干部，当过"右派"，平反后当上了文化馆的副馆长，见人点头哈腰的，在县里尿也不尿。文化馆开个创作会，把县里大小干部都请去作"指示"，老马躬着身一口一个"首长"地叫，握个手身子抖得像麻花。又听说他老婆跟人家睡，经济也卡得紧，连吸烟钱都不给他，烟瘾发了每每到街角上捡烟头吸。想起老马当年的威风，国不由生出了无限的感慨。这是后话。

　　那时，队长忙了就把国交给梅姑带。 在村里，也只有梅姑的话国才肯听。 梅姑是村里最漂亮的姑娘，不曾见她怎样打扮，出门便亮了一条村街。 梅姑夏天是村人的阴凉，冬天是村人的火盆，无论走到哪里，总扯了年轻汉子的眼珠滴溜溜转。 梅姑白，白得有色有韵；梅姑眼大，大得有神有彩；梅姑的头发黑，黑得有亮有姿；梅姑走起路来柳腰儿一闪一闪，无风自摆，馋得人眼儿小庙似的。 国跟着梅姑享了从来未有过的宠爱。 梅姑只要一出门，就有人凑过来跟国说话，给他买糖块吃，还争着驮他。 国在人前就显得更加威风，总拽着梅姑的白手让她扯着走，眼热得汉子们心里骂，脸上还笑着巴结他。 梅姑疼这没娘的孩子，每日里给他洗脸，给他捉虱，夜里还要哄他睡。 那时光是国终生难忘的。 冬夜里，国总是一蹦一蹦地窜到梅姑家，缠着让她搂着睡，就搂着睡。 一钻进被窝，梅姑就说："国，凉啊，真凉！"而后把他搂得更紧，半夜里，听见有人拍门，梅姑在国的腿上拧了，他便跳起来朗声骂："我×你娘！"于是，便不再有人敢来。 国躺在梅姑的怀里，吮吸着那温暖的甜香死睡到天明。 六岁了，还常拱那奶子……

　　应该说，是梅姑孕育了国的早熟，使他看到了在那个年龄很难体察的东西。 跟梅姑的时间长了，国隐隐约约地感觉到，梅姑恋着老马，偷偷地。 那时候，国还不知道老马是这样可怜的东西。 那时的老马穿着四个兜的干部服在村里昂然地走来走去，一看见梅姑就神采飞扬，眼亮得可怕。 小小年纪的国偷听了梅姑和老马的许多次谈话。 老马给梅姑背诵他过去在《人民日报》上发表的诗，而后又背啥啥"三十功名尘与土，八千里路云和月……"。 老马背着背着哭了，虾一样躬着身擦他的眼镜片，这时候梅姑就偎在他的身旁像猫样温顺。 梅姑是全村人的"一枝花"，梅姑不让任何人碰她，可最圣洁的梅姑却恋上了老马。 老马是狗，是猪！ 多年后，国在心里这样骂。 那时他已经明白了什么叫"征服"，这就是"征服"。 这童年的思维萌动，是经过了三十年的反刍才得以升华的。 记得有一次，梅姑带他到河边上玩，走着走着就碰上了老马。 梅姑撇下国急急地跑到老马跟前，悄声说："你带我走吧，走吧。 到哪儿都行……"老马嚅嚅地哭了，他有家，有女人……

此后梅姑常带国到颍河边上转。 颍河静静地流着，堤上的"鬼拍手"哗啦哗啦地响，一只"叫吱吱"冲天而去，又无声地落下来。 梅姑凝神往极远处望，国也跟着望。 天边有一轮滚动的落日，无边无际的黄土地在落日下泛着灰色的金黄，地上晃动的人儿很小，蚁样的小。 天光倏尔明了，倏尔又暗，静极了便觉得极远处的喧闹，那是一种想象中的喧闹，叫人血热。 国自然不知道梅姑看到了什么，就这么跟着来了，又跟着去，久久伫立。 有一回，国怯怯地问："姑，你——等人吗？"梅姑长长地叹了口气，把目光从极远的天边收回来，默默地，一句话也没说。 这时国的思绪跳跃到那么一个晚上，在亮亮的油灯下，梅姑那白嫩的手抓住老马那被劣质香烟熏黄的臭手给他剪指甲。梅姑捏着老马的指头一个一个给他剪，剪了左手剪右手，剪刀"咔咔"地响着，响着……老马慢慢就抓住了梅姑的手，把梅姑揽在怀里。梅姑很温柔地从老马怀里挣出来，羞羞地说："国，去问问明儿干啥活儿？"国说："老三说了，锄地。"梅姑扬起润润的亮眼，柔柔地说："去吧，好国，再去问问。"后来国一想到此就骂，在心里说，×你娘老马！在河堤上，国看见梅姑眼里落下了两串泪珠，泪珠无声地溅落在黄土地上，印了一地麻坑。

再后，梅姑嫁到另一个村庄去了。又过了许多年，国已认不出他的梅姑了。他见到的是一个拖着娃儿抱着娃儿的邋遢女人，脸黄得像没洗过的小孩尿布，手黑得像鸡爪，头发乱得像鸡窝，身上还带股腥叽叽的臭味，国在心里说，梅姑呀，鲜艳的梅姑……

但那时候国还不可能有更多的思考。他还小呢，才刚刚七岁，跟村里娃们一起背着书包到乡村小学里上学去了。没爹没娘的孩子，自然免费。下课时就蹲在土墙后晒暖儿，或摇头去背那"人手口，大小多少、上下来去……"。

三

如果不是那一顿恶打，国将会成为一个贼。那么，国未来最辉煌的前程也不过是一个进出监牢的囚儿，一个绑赴刑场的大盗。

在偷盗方面，国早在九岁时就有了些聪明才智。那是吃大食堂的时候，家家户户的锅都砸了，全村人都排队去食堂里打饭。国自然失去了乡邻们的特殊照顾，他饿。一天夜里，他借着槐树从东山墙爬上屋顶，又扒着房顶上的兽头捣开了西山墙上的小窗户，偷偷地爬进了食堂屋。在屋里，他坐在放蒸馍的笼前一口气吃了三个大蒸馍，然后又用小布衫包走了十二个！第二天早上，人们发现蒸馍丢了，村治保主任围着食堂里里外外查了一遍，发现西山墙上堵窗户的草被扒了一个洞儿，就断定这是大人干的。因为山墙五尺多高，透风窗贴着房顶，娃们是爬不上去的。于是全队停饭一天，治保主任领着挨家挨户去搜蒸馍……这时候，国正躲在烟炕屋大嚼呢！隔了不久，食堂屋第二次被盗了。第一次被盗后，队里派专人在食堂屋睡，门上还加了一把大锁，连睡在食堂屋的人都防。结果是门被撬开了！这自然也是国干的。国在夜深人静时偷偷地溜到食堂门前，先对着门脚撒一泡热尿，然后用粪叉把门脚撬起来，一点儿一点儿地往外移，这一泡热尿至关重要，泡了尿水的门脚不再吱扭扭响了，国就这样从撬开的门缝里溜进了食堂屋。看食堂屋的是三爷，就在三爷的床跟前，他把蒸馍偷走了。他心怯，只拿了九个。第三次，国被当场捉住。这回食堂屋睡了两个人，他刚溜进去就被发现了。三爷用手电筒照住他，一个精精瘦的小人儿。三爷简直不敢相信自己的眼睛，问：

"谁？！"他立时怯生生地说："三爷，我饿。"三爷用手电筒照着他，照了很久。 而后三爷长长地叹了口气，可怜他是孤儿，骂声："鳖儿哇！"再没说什么。 过了片刻，三爷说："过来。"他抖抖地走了过去，三爷从笼屉里拿出一个馍来，默默地塞给他，说："滚吧！"此后三爷没对任何人说过这件事，直到国自己供出来。

国在十一岁时，偷的"艺术"更有了创造性的发挥。 他偷三奶奶的鸡蛋，逢双日偷，单日不偷，隔一天偷一个。 三奶奶开始以为是黄鼠狼叼跑了，后来又以为是老鼠吸了，因为鸡窝里有老鼠屎（那是国的"杰作"），再后来就以为是邻居，两家骂了半年，三奶奶揪住四婶的头发骂天，四婶拽住三奶奶的大裤腰咒地，到了也不知道是谁偷的。 在秋天里，国偷红薯、玉米的方法极为高明。 他没有家，也根本就不往家带。 他扒了红薯、掰了玉米之后，就在地里扒一个窝窝儿，然后点着火烤着吃，吃饱了就拍拍屁股回村去，鼓着圆圆的肚儿。 国最有创造性的一次偷窃是在场里。 那时天还很热，他赤条条走进场里，当着众人的面，在队长严密的监视下，竟然偷走了场里的芝麻！ 那时乡下人已很久没吃过油了，收那点芝麻队长天天在场里看着，眼瞪得像驴蛋！ 国仅仅在场里走了一趟，光着肚儿一线不挂，就偷去了三两芝麻！ 芝麻是他从鞋窝里带出来的……他在镇上用芝麻跟人换了一盘肉包吃，吃了一嘴油。

国的偷窃行为给村里造成了空前的混乱。 有一段时间，这家丢了东西怀疑那家，那家丢了东西又怀疑这家，你防我，我防你，打架骂街的事不断涌现。 有许多好乡邻莫名其妙地结下了冤仇。 这冤仇一代代延续下来，直到今天还有见面不搭腔的，尤其是三奶奶，多年来一直不理四婶，临死时还嘱咐家人：不让四婶为她戴孝！

这都是国造的孽。

国后来偷到镇上去了。 在王集，他偷饭馆里的钱被人当场捉获，送进了乡里的派出所。 这消息传回来，一时慌了全村。 没娘的孩子，谁都可怜。 村人们焦焦地围住队长的家门，立逼老黑去王集领人。 老黑慌得连饭都没顾上吃，破例买了盒好烟揣上，掂了一兜红薯就上路了。

黄昏时分，国被领回来了。 碰上下工，一村人围着看，可怜那小胳膊被活活捆出了两道血印！ 国竟然还满不在乎，跟这个笑笑，跟那个挤挤眼，恨得队长咬牙骂！

天黑后，队长吩咐人叫来了一些辈分长的人，梅姑听说信儿也来了，就着一盏油灯商量如何教化他。 老人们默默地吸着烟，一声声叹气，说："匪了，匪了，这娃子匪了！"队长一拍腿说："×他的，干脆明儿叫鳖儿游游街！ 转个三四村，看鳖儿改不改？！"众人不吭，眼看就这样定下了，明儿一早叫国敲着锣去游街！ 梅姑突然说："老三，娃儿还小呢，千万别让他去游街。"梅姑说着说着掉泪了。 她说："人有脸，树有皮。 小小的年纪，丢了脸面，叫他往后怎么做人呢？"队长闷闷地吸了两口烟，骂道："××的，你说咋办？"梅姑说："打呀，老三。 只当是自家的孩子，你给我打！"

于是把国叫了进来。 当着老人的面，国觍着脸笑，还是不在乎。 队长一声断喝：

"跪下！"

国起初不跪。 仰脸一瞅，却见一屋子黑气，也就软了膝盖怯怯跪下了。 就有皮绳从身后拿出来，上去扒了裤子，露出那红红的肉儿，只见一皮绳抽下去，屁股上陡然暴起两道红印！ 国杀猪一般叫着，骂得鲜艳而热烈！ 紧接着一绳快似一绳，一印叠着一印，打得小儿姑姑爷爷叔叔奶奶乱喊……

队长厉声问："都偷过啥？ 说！"

"……馍。"

"还偷过啥？"

"……鸡蛋。"

"再说！"

"鸡、鸡子……"

一听他匪成了这样，皮绳抽得更猛了！ 那皮绳是蘸了水的，响声带哨儿，打上去"嗖嗖"冒血花，顷刻屁股上已血烂一片。 国的腿不再弹腾了，只喊爹喊娘喊祖宗地哑哭……

梅姑不忍看，转过脸去，却又助威般地喊："打呀，老三，给我往死处打！"

队长打了一阵，喝道："还敢不敢了？"

"不敢了，再也不敢了。"

队长扔了皮绳，在一旁蹲了，喘着气拧烟来吸。 老人们和梅姑又一起上前点化他，说了这般那般地好好恶恶，国只是哭。

队长吸过烟，又骂道："鳖儿，丢人丢到王集去了！ 是短你吃了，还是短你喝了？ 你他妈做贼！"

国抽抽咽咽地哭着说："三叔，我不敢了，再也不敢了。"

"你改不改？"

"改，我改。"

"中，你好好听着，再见一回，打折你鳖儿的腿，叫你一辈子出不得门！ ……"

国是被人抬到床上去的。 这晚，他整整哭了一夜。 梅姑可怜这没娘娃儿，一边用热水给他焐屁股，一边恨道："国，不成器呀！"

这顿恶打使国整整在床上趴了五天，半个月都没出门。后来出了门，也老实多了。 每天背着书包去学校上学，一副怯生生的模样。

多年后，国试图抹去这段记忆，可屁股常常提醒他，常常。 国永远不会知道，他是有可能免去这顿毒打的。 若是不受这皮肉之苦，那么，他必须让人牵着去四乡里游街，一个村庄一个村庄地去向人们展览他的偷窃行为，用"吭吭"的锣声向人们宣布他是贼，那时他就成了一个公认的贼！ 假如不是梅姑的及时阻拦，一个经过展览的公认的贼又怎么活呢？

四

国是秋天里考上县城中学的。

那年国十三岁，已有枪杆那么高了，依旧是很邋遢，嘴上老是挂两筒清水鼻涕，脸上的灰从没洗净过，身上穿的衣裳总是烂了又烂，补都来不及，他好上树掏鸟儿。国平时不算用功，在班里学习也不是最好的。可那年大李庄小学有六十四个学生参加了县中的考试，很多用功的学生都没考上，独有他一人考上了。这无法解释，这只能再一次说明国是聪明的。

临走的那天，全村人都出来为他送行。队里给他置了三表新的被褥，那是婶婶娘娘们连夜在油灯下套的。出门的衣裳也都是新置的，一针一线都带着乡邻们的情分。国穿着一身新衣裳走出来，脚上蹬着梅姑给他做的新鞋新袜，显得十分体面。那脸儿也洗净了，黑里透红，一株小高粱似的，陡添了不少的腼腆。在村口，梅姑悄悄从兜里掏出十块钱塞到国手里，那是她婆家送来的嫁妆钱。十块钱那时候已是很大的数目，国缩着手不要，他看梅姑那很凄伤的脸。梅姑就要嫁到另一个村庄去了，她拿出了十块钱，那是她的卖身钱。这时国已稍稍晓些事了，他看出了梅姑心中的凄凉。梅姑默默地站在那儿，一双水灵灵的大眼里带有无限的哀怨。 梅姑一句话也不说，只把钱硬塞在他手里，国只好接下那钱，怯怯地叫了声："姑。"这时三奶奶颤颤地走来了，三奶奶给他据了一兜子熟鸡蛋。 他偷过三奶奶的鸡蛋，他偷三奶奶的鸡蛋生喝，叫三奶奶跟四婶去对骂，去撕头发挖脸，他在旁边笑。 这次他没敢笑，只红着脸叫一声："奶……"队长女人给他烙了一摞子油馍，也用破手巾兜着送来了。 那时乡下过年才吃油馍，那油的来历很让人猜疑，队长女人敢把油馍拿出来也需要一份勇气。 队长女人拍着男人样的杆子腿说："都看看，这是俺孩他舅从西乡捎来的油……"四婶横横地从三奶奶旁边插过来，走过三奶奶身边时鼻子重重地哼了一声！ 三奶奶已老得不成样了，拄拐杖的手鸡爪一样抖着，耳又背，可三奶奶倏尔就给了四婶一屁股！ 四婶只装没看见，挺挺地递给国一条白毛巾。 这条白毛巾是四婶那当兵的儿子捎回来的。 队伍上发了两条毛巾，儿子给娘捎回来一条，四婶一直没舍得用，就给了国。 那毛巾上还红鲜鲜地印着部队的番号，国眼热那红鲜鲜的"8654部队"就收下了。 于是，那黄土一般的人群有了片刻的慌乱。 村民们看着这阳光下的善行各自缩缩地委顿下去，于是就有人凑出一毛两毛的送出来，尽一份心意。 一百多户人家的村子，除了出不来门的，都多多少少有些表示。 连村里最有名的吝人"窄过道儿"和"纸糊桥儿"也送了东西出来。"窄过道儿"跑回家拿了一个鸡蛋，噌噌地来到人前，说："娃，老少。""纸糊桥儿"也勇敢地凑出五分钱来塞进了国的衣兜，那时五分钱能买两个鸡蛋。 这一刻，国像是长大了许多，他在人群里恋恋地叫姑叫婶叫大娘叫奶奶……喊得人眼里含了一窝泪。

二十三年后，国扔掉了许多记忆，也曾拼命地洗刷了许多记忆，但生活的底板太厚了，洗了一层又一层，总也忘不掉乡亲们为他送行的情景。 在那个无比辉煌的早晨，国站在秋天的阳光里一一与乡邻们告别。 眼前是四十八里乡路，身后是黄土一般的人脸，人脸很厚，一层一层地叠着，像动画片里的木偶。 风簌簌地从人脸上刮过去，黄尘漫过后仍是人脸，墙一样的人脸。 那淡淡秋阳熬着人脸，路两旁那无边的熟绿挤着人脸，可那饼一样的人脸仍然举着，叫人永远无法读熟。 那时，他听见梅姑在他耳边轻声说："国，还回来不？"他说："回来。"梅姑说："回来看看我。 不管你走到哪儿，都回来看看我……"可他没有去看过梅姑。 他是见过梅姑的。 十三年后，梅姑像杀猪一样被人拉进乡政府里。梅姑在乡政府门前泼天长骂，终还是被拉进乡医院去了。 梅姑是违反了计划生育政策被拉进乡里去的。 她已生了两个女娃，为此，男人常常揍她。 把她打得浑身青紫，逼着她生，所以梅姑想要个男娃……那时他就站在梅姑的旁边，梅姑不认识他了……啊，鲜艳的梅姑。

队长拉着架子车为国送行。 四十八里黄土路，送了一坡又一坡。 路赖，架子车"叮叮咣咣"地响着，队长的旱船鞋"趿拉趿拉"，国跟在架子车后看队长那驼背的腰，那腰蛇一样拧着，一耸一耸地动……

队长说："国，好好学。"

"嗯。"

队长说："出门在外，多留心。"

"嗯。"

队长说："吃哩别愁，我按时给你送，别饿坏了身子骨。"

国再"嗯"一声。

队长又说："缺啥少啥言一声……"

在路上，队长嘱咐了无数遍，国都应着。走向新生活的国看天儿，看地，看树上的鸟儿，看悠悠白云，脑海里那小小思绪飘得很远，并不曾把队长的话当回事儿。可国不知道，队长还想再说一句。他想说："娃子，别动人家的东西，千万别动！"又怕伤了娃子的心。娃子大了，不能说丑话了。可他还是想说。那话随着车轱辘转了无数遍，终还是没有说出来。到县城了，国说："三叔，回吧。"队长迟疑疑地说："行李重，再送送吧。"就送。队长一直把国送到学校门口，在校门口，队长立住了。他怯怯地望一眼校门，说："国，你大了，也该给你有个交代了。你爹死时矿上给了一千块钱，埋你娘用了六百，这些年给你看病抓药又用了二百，还有二百我给你存着呢。这是你的钱，啥时有了当紧的用项，你说。就是没这二百，也别愁钱的事儿……"国听了，心里一阵热，说："三叔，回吧。"三叔没回，三叔站在那儿看他慢慢往校园走，待他走有一箭之地，三叔突然喊道："国……"国转回来，三叔的嘴嗫嚅了半晌，终于说：

"争气呀，国。"

国看着三叔的脸，那脸上网着乡村的老皱，也网着国的历史。他终于读懂了三叔的意思。国在三叔的脸上看到了自己那红肿的屁股，屁股上印着一条条血淋淋的鞭痕！那就是三叔用皮绳抽的。三叔用皮绳一下一下狠抽，那疼即刻出现在国那抽搐变形的脸上，一个"贼"字在国的灵魂深处写得极大，是皮绳把"贼"字打掉了……

国没有说话，默默地掉了两滴泪，去了。

五

国果然争气，先是入了团，后又当上了司令。

国是第三年夏天当上司令的。那年夏天格外热，狗长伸着舌头，颍河缩成了一线，知了在树上无休无止地聒噪，于是国当上了司令。

国的司令仅仅当了十四天。在这十四天里，他领着学生在县城里抄了七七四十九户地主富农的家，在县委大院里吃了五顿不掏钱的饭，呼口号时嗓子哑了六回，还弄了一根武装带在腰里束着，因此国非常乐意干司令。

国乐意干司令还有一个很重要的原因，校花姜惠惠也参加了他的造反组织。姜惠惠跟他是同班同学，坐在他前边的一个位置上，国每天上课只能看到她的后脑勺，还有脖颈上那隐在黑发里的一点奶白。国很愿意看她的脸儿，也很愿意跟她说说话，只是没有机会。现在在一个司令部里"工作"，说话机会自然多，也有了那么一点点意思……

国是牵着戴高帽的老校长游街时碰上三叔的。三叔领着乡亲们拉架子车来城里交粮，在县城的十字街口，交粮的车队碰上了国率领的游行队伍。国们戴着红袖箍，一个个穿得十分周正，边走边呼口号，威风了一条街。三叔们光脊梁亮着一身臭汗，一个个老牛似的拽着粮车往前拱。人多，口号声就震天地响亮。国一边呼着口号一边喝道："让开，让开！"突然，国的脖领子被揪住了，一句很热烈的话夹在喉咙里，国冷不防扭身一看，却是三叔。国忙说："三叔，啥时来了？"三叔瞪着眼说："鳖儿，不好好上学，在这儿胡闹啥哩？！"这一声"鳖儿"让司令很丢面子。国红着脸说："革命哩，咋是胡闹！"三叔拉住国，怯怯地看了看戴高帽五花大绑的老校长，小声说："国，咱回去，咱回去。"国梗着脖儿说："我不回去！"三叔一拍腿说："鳖儿，我断你粮！"国自然很狂，国根本没把三叔放在眼里，一听这话就炸了，他一蹦三尺高，高声呼道："要革命的站过来，不革命的滚他妈的蛋！"这一声把三叔呼愣了，三叔愣愣地望着国，抖手就是一耳光！三叔那布满老茧的黑手重重地扇在国的脸上，那巴掌扇起的风臭烘烘的，带有牛尿马尿的气味，打得司令眼冒金星，跟跄后退了两步！天旋旋，地转转，那口号声一时显得很遥远。 三叔一耳光把国扇进了无边的黄土地，使他又变成了一个赤条条的乡下小儿，光肚儿在村街里跑的国……只听三叔厉声说：

"回去！"

在十字路口，这一巴掌扫尽了司令的威风，把趾高气扬的司令打成了一株勾头大麦。 那一耳光如此响亮，致使游行队伍顿时停下来，学生们呼啦啦把三叔围了。 三叔的大黑巴掌"啪啪"地拍着胸脯，大声说："咋哩？ 咋哩？ 老子三代血贫农！"这时送粮的乡汉们也都一哄而上，野野地围过来喊："咋哩？ 咋哩？！ ……"副司令辛向东侃侃地背了一条"语录"，说："为啥打我们司令？！"三叔说："尿哩，自己娃子还不能揍？！"光脊梁的野汉们也跟着嚷嚷："自己娃子哩！"这一刻，国羞得恨不能钻进地缝儿！ 司令强忍着没有哭，那羞辱一浪一浪地在心里翻，涌到眼里就是泪。 国知道站在队伍里的女同学都在看自己，更知道姜惠惠眼里带着鄙夷的神色，那鄙夷把他整个淹没了！ 国不敢抬头，可还有点心不甘，嗫嚅地说："我走了他们咋办？"队长不屑地说："尿哩、尿！"说着，就把国从人群中拽出来了。 国木木地出了游行队伍，抱住头蹲下了。 片刻，游行队伍继续前进，口号依旧震天响！ 那是辛向东领头呼的。 辛向东一蹦一蹦地蹦着，十分激动。 国哭了……

在回村的路上，国屈辱地哭了一路。 三叔也觉得对不住娃，出手太猛，让娃子丢人了，就悄悄地买了肉包给他赔不是。 国一甩手把肉包扔到七尺外！ 眼红红地冒着凶光，跳起来发疯似的指着三叔骂："老三，我 ×你娘！ ×你……"在泼天野骂中，三叔的脸更黑了，嘴角微微地颤着，两手发抖，那黑脸上的颜色变了又变，没再动他一指头。

当天夜里，国又偷偷地跑回了学校。 可是，他的司令已经干到头了。 就在那天下午，辛向东当上了司令。 辛向东冷冷地说："你被开除了。"更可气的是同学们都不理他，姜惠惠看见他就像看见狗一样，朝地上恶恶地吐唾沫！ 国独自一个孤孤地在操场上转了半夜，觉得实在没脸儿在学校混了，就连夜卷了铺盖。 临走时，他在姜惠惠的宿舍门前站了很长时间……

国自此大病一场，在床上躺了很长时间，一直闷闷不乐。 他回村后就偏偏地搬到牲口屋跟四叔去住，吃饭也在四叔家。 四叔跟三叔家隔一道墙，见了三叔他是不理的，三叔跟他说话也不理。 害了病三叔去看他，他扭身给三叔个屁股，不管三叔说什么，他都一声不吭。 病好后，国更是很少说话。 他常常一个人跑到河坡里，静静地躺在树荫下，两眼望天儿。 河坡里有一丛一丛的芦苇，芦苇挑着天边那火烧的云儿，云儿一会儿狗样，一会儿马样，一会儿又狮头样，夕阳西下时荡一坡霞血，风摇羽红。 倏尔，金色的"叫吱吱"从羽红的苇荡里钻出来，射天而去，而后又笔直地跌进苇荡，化得无影无踪。 看着看着，国眼前就幻出了姜惠惠的影子。 穿红格格衫的姜惠惠袅袅婷婷地走到他的眼前，嘬着肉嘟嘟的小嘴儿，两只媚亮的眼睛直勾勾地望着他，仿佛在说：李治国呀，李治国，没想到你这么不坚定！ ……接着他就更加仇恨三叔。 他觉得是三叔毁了他的初恋，也毁了他的前程。 三叔当着他恋人的面给了他一记响亮的耳光，也给了他永远洗刷不尽的耻辱！ 三叔不是人，是猪是狗是马是驴！若不是三叔，惠惠会跟他好的。 他最喜欢惠惠叫他"司令"，那一声甜甜软软的"司令"足以叫人心荡神移。 若不是三叔，他们将双双走进新的生活，那是一种充满刺激的生活。 埋在这无边的黄土地里，再也没人叫他"司令"了。啊，司令……每想到此，国就心潮澎湃，万念俱灰，在坡里打着滚儿，像狼一样地号叫！

国就这样在河坡里一直躺到天黑，嘴里嚼根草棍棍儿，一动也不动。 天黑时，四婶家的二姐就跑来叫他吃饭。 二姐每次都给他带一个熟鸡蛋，亲亲地叫着"国哥"，剥了给他吃，国嘴里吃着鸡蛋，仍然不动。 二姐在他身边坐下，他也不说话，愣愣的。 二姐说："该割豆。"他就说："该了。"二姐说："天短了。"他说："短了。"二姐说："夜里狗叫得厉害。"他不吭。 二姐说："梅姑生了个妞。"他还是不吭。 二姐慢慢站起来，说："国哥，吃饭吧，俺娘叫喊你吃饭呢。"国就坐起来，拍拍身上的土，跟她回村去。 眼里总晃着姜惠惠……

后来二姐嫁了个煤矿工，是哭着走的。 临出嫁那天，国去帮着抬嫁妆，二姐眼红红地说："国哥，俺走了。"国淡淡地说："喜事，走吧。"二妞再没说什么。 国也不觉，仍想着姜惠惠。

在这段时间里，国情迷姜惠惠已经到了走火入魔的程度。 姜惠惠每晚像月亮一样在他的梦中升起，引他做了许多傻事……然而，恰恰在这段时间里，革命同学姜惠惠已与革命同学辛向东心心相印，同床共枕。

多年之后，国才知道那一巴掌是十分要紧的。 当上司令的革命同学辛向东，由于武斗中打死了人，被抓进了监狱。 他在监狱里关了一年，然后被拉到县城西关的乱葬岗枪毙了！ 辛向东着实红火了几年，因此头上留下了一个血红的大洞。 另一位革命同学姜惠惠被流弹打中了大腿，成了瘫痪。 后来终日坐在县城的十字街口卖烤红薯。 国买过她的烤红薯。 国感情十分复杂地站在她的烤炉前，问她烤红薯多少钱一斤？ 以期唤起"革命"的回忆。 姜惠惠抬头看看他，说一毛五一斤，你买吗？ 看来彼此已不认识了。 于是国买了一块烤红薯。

再后，在一次一次的考察中，关于"'文化大革命'中的表现"这一栏，国都填得十分清白。 笔走龙蛇，签名自然潇洒。 而后在一级一级的组织部门顺利过关。

按说这一栏应该归功于三叔。 可国还是恨三叔，恨那当街一耳光的耻辱。

六

　　自那一巴掌后，三叔一直觉得对不住国。 他见国终日闷闷的，话也不说，就赶紧张罗着给国说媳妇。 私下里说了几家，人家一打听，是个没爹没娘没房子的主儿，连面都不见。 这一弄，三叔更觉得对不住国。 于是就偷偷地往公社书记那里送了礼，想给国谋个事做。 三叔头一回掂去了五斤香油，公社书记大老王脸一沉说："干啥？ 这是干啥？ 有事儿说事儿，掂回去掂回去！"三叔嘿嘿笑着："没啥事儿，没事儿，坐坐。"坐了一时，大老王又问："有事儿？"三叔说："没事儿，东西是队里打的，给领导尝尝。"大老王手一挥，说："掂回去，掂回去。"话是说了，三叔却没有掂回去。 第二次，三叔又扛去了一篓红柿。 红柿是刚从树上摘的，一个照一个，很鲜。 三叔把篓子往桌下一推，依旧坐着。 大老王看了他一眼，说："弄啥哩？！ 有事儿？"三叔说："也没啥事儿，坐坐。"大老王是个爽快人，粗粗地骂道："老黑，有事说事，没事你一趟一趟干屎哩？！ 说吧。"三叔吞吞吐吐地说："……村里有个娃，没爹没娘，连个媳妇也找不下，看能不能给他瞅个事儿做？"接着，三叔又说："娃子中学毕业，精灵哩。"大老王沉吟片刻，问："跟你有啥亲戚？"三叔说："论说也没啥亲戚，一李家。 娃子没爹没娘，不能不管哪。"大老王猛吸两口烟，挠挠头说："商量商量，商量商量吧。"三叔忙起身说："不忙，不忙。"第三次，三叔又掂去了两瓶"宝丰大曲"。三叔把酒往桌上一放，一句话也不说，只一个劲吸烟。坐了有一个时辰了，大老王说："这样吧，公社缺个通信员，叫这娃子来试试。试用期三个月，中了就叫他干。"三叔喜喜地说："明儿我领来你看看，一试就中。"出了门，三叔说："×你妈，到底应了。"

那时候，国正躺在玉米棵棵里发愣呢。他常常回忆在县城里上学的日子，那日子像流水一样，眨眨眼就过去了，抓都抓不住。他让一个个女同学在他眼前排队，终了还是觉得姜惠惠好……而眼前却是一坡一坡的黄土地，像是一世也走不出的黄土地。日头爷缓缓地转着，像磨一样转着，周围像死了一般静，静得让人心里发慌。偶尔，风从玉米田里刮过，叶子"沙沙"地响着，有了一点喧闹，过后又是无休无止的沉寂。国抖抖脚上的烂鞋，把脸埋在土窝窝里，痛哭。

三叔回村后到处找国，最后在玉米地里找到了他。三叔说："国，起，起，我给你找了个事儿做。"国仍然不理三叔，好半天才冷冷地说："啥事儿？"三叔说："我给书记说了，叫你上公社当通信员。你干不干？"国愣了，慢慢坐起来，望着三叔，一时竟无话可说……三叔也不争礼，眼一酸说："中中，只要你娃子愿干。"

第二天早上，三叔去叫国，国突然说："我不去了。"三叔慌了，问："咋啦？又咋啦？！"国不说，再问也不说，又是闷闷的。 三叔忙让四婶去问，四婶好说歹说才问出缘由。国吞吞吐吐地说："……连一件像样的衣裳都没有，出门净丢人！"三叔在门口站着，一听这话就说："鳖儿，现置也来不及呀！ 你说穿啥，我给你借。"国自然不说，也没脸说，三叔急躁躁的，一蹦子蹿出去，挨家挨户去借，进门就说："国去公社了，出门是咱村的脸面，这会儿连件出门衣裳都没有，现置来不及，有啥好衣裳借国一件穿穿。"三叔一连跑了六家，借了几件，不是长了，就是短了，国相不中。 最后，还是把复员兵二贵的军上衣借来了，国总算出了门。

那时绿军衣是最时髦也最不惹眼的衣裳。 国穿着二贵的绿军衣跟三叔到公社去了。 公社离大李庄九里地，一路上三叔再没嘱咐什么，也没讲给大老王送礼的事儿，只颠颠地头前走。 到了公社，大老王看小伙个头高高的，一脸的精明，穿得也干干净净的，很满意地点点头说："留下吧。"国就这样留下了。

三叔走时，国喉咙一热，好久才叫了一声："三叔——"他似乎想说一点什么，三叔没容他说，就弓着腰去了。

国在公社，名义上是公社通信员，实际上是大老王的跟班儿。 除了骑车到各村通知开会以外，他几乎整天跟着大老王。 国每天早上六点钟起床，先是扫过公社大院，然后把水烧开，茶瓶灌满，接着给大老王打上洗脸水，包括把牙膏挤在牙刷上，待书记起床后，去倒夜壶。 倒夜壶时国隐隐地感到屈辱，夜壶的尿臊味伴着国的屈辱走那么一小段路就淡散了。 一个月三十块钱，那时，对他来说，实在是一个巨大的数目。 国忍了。 白天里，国常跟大老王到各村去检查工作，自然是走哪儿吃哪儿，有酒有肉。 有时大老王去县里开会也带上他，到了县委逢人就说："这是我的通信员，小伙很能干。"大老王工作很有魄力，为人也极为豪爽，走到哪里都是中心，国跟着他尝到了许多甜头。 渐渐，国的天地大了，认识人越来越多，视野也跟着开阔了。 他很快了解了许多他所不知道的东西，这些东西对他日后都是有用的。 国毕竟是聪明人，他很快就把公社书记的生活习惯摸透了。 大老王有三大：个子大，嗓门大，烟瘾大。 所以国兜里常常揣两包香烟，一包好的，一包孬的。 那好烟是给大老王预备的，一旦大老王没烟吸了，国就把那包好烟拿出来，书记"×！"一声，揭开就吸。 此后大老王喝酒也带上他，有了什么好处也总有国一份。 书记是外乡人，光身一人住在公社大院里。 他老婆每年只来两次，春上一次，秋后一次。 那个拖着孩子的乡下女人每次来总是只住三天，给书记拆洗拆洗被褥，而后又挎着小包袱默默地去了。 书记常年不回去，吃住都在公社大院里，工作起来也是个不要命的主儿。 常年不回去的书记还有个晚睡早起的习惯，国感觉到这习惯是有缘由的，国自然不问，只每晚早早地打两瓶开水放到书记屋里，而后就不再去了。 第二天早上，国听大老王那一声响亮的咳嗽。 没有咳嗽声他就不动，直到听见大老王的咳嗽声，他才把洗脸水端过去。 日后，大老王曾十分感慨地对人说：

"知我者，国也！"

　　严格地说，国的政治生涯是从公社大院开始的。 公社院里人不多，人事关系却错综复杂。 表面上风平浪静，可内里却像沸水一样翻腾不息。 从公社直接与县上有联系的有六条线，而且起码挂到副县长这一级。 公社大院本身却又较为明朗地存在着三股势力。 公社副书记老胡和武装部长老张是一股势力，社主任老苗与党委委员老黄是一股势力，以大老王为首的又是一股势力。 三股势力虽各有所长，却存在着明显的优劣。 老胡和老张是军队转业干部，为人严谨却不善言辞，在关键时候说不出道理来；老苗和老黄是本地干部，土生土长惨淡经营，却又缺乏领导魄力，因此很难统揽全局；大老王为人粗率，不拘小节，却粗中有细，能说能讲，人往台上一站声若洪钟，发怒时，那目光从脸上扫过去，是很有威严的。 大老王有时甚至很霸道，骂起人来狗血淋头！ 第二天见了却又笑眯眯地喊住人家："过来，过来。 我这人屌脾气，你别计较……"说了就了，该骂还骂。 公社每次开党委会，三股势力都有一番小小的较量。 公社书记大老王每每像铁塔一样坐在那里，听委员们一个一个发言。 那发言有时很激烈，他却从不插话，只一支接一支吸烟。 待人们都讲完了，他的目光威严地扫过会场。 目光的接触是一种心理素质的反映，当他的目光扫过人脸的时候，没有人能接住这种目光，所有的公社干部都无法承受这种目光，躲。 于是大老王就说："同志们讲得很好，现在我总结几句……"这所谓的

"总结"完全是按照他的意图讲的，讲完就散会。这"总结"自然就成了党委会的决议。

在这段时间里，国沉湎在这种人与人的"艺术"之中。他细心地观察了公社大院里的每个人，每件事，在人与人、事与事之间做出比较和分析，然后悄悄地做出自己的判断。他仅仅是临时工，自然是没有发言权的。但这种静静的旁观使他在潜移默化中走向成熟，也使他游刃有余地在公社大院生存下去。至于日后，那更不必说。国很少回村去，村庄也离他越来越远了，小伙的目光已转向未来。

一天，三叔突然来公社了。三叔在公社门口整整等了他半天，天黑时才见到他。三叔把他拉到一边，很为难地说："国，你看，你看……那军衣是借二贵的，二贵明儿要相亲了，想用，你看，你看……"国一直以为这件绿军装给他带来了好处。国穿着这件绿军衣在公社院里显得格外精神，他常常夜里洗了，白天又穿上，好保持住体面。那时他已有了工资，可以置衣裳的，但国不想还了。国红着脸说："三叔……"往下他就不说了。三叔像欠了账似的，嗫嚅地望着国："你看，你看……"国说："我天天在公社院里转，人前人后的，你看……"三叔脸上的皱纹像枯树皮一样抽搐着，嗫嗫地说："二贵相亲呢。相亲也是大事，你看……"国还是不脱。国说："这样吧，也不叫你作难。"国在兜里摸了半天，摸出十块钱来，递给三叔："让二贵再买一件，买件好的……"三叔再没话说了，叹口气，就佝着腰走了。

为这件绿军衣，三叔回村后跟二贵吵了一架。二贵不要钱，非要军衣不可，他全指望穿军衣去赢姑娘的心呢。于是三叔只好再去给他借，求爷爷告奶奶地跑了好几家，才借来了一件旧的……此后二贵的亲事没说成，一家人都恼三叔，骂得很难听。三叔有苦说不出，只好认了。

国当然不知道，仍很神气地穿着那件绿军衣，在公社大院里晃来晃去。

七

国的转机牵涉着公社大院的一件隐私。

那是个多事的秋天。在那年秋天里，国心里产生了从未有过的慌乱，有一刻，他的精神几乎要崩溃了……

九月初六是个不祥的日子。这天，大老王到县里开会去了，会要开七天，所以没有带他。大老王上午走，下午县里就来人了。来了两个。公社大院的气氛陡然变得紧张起来。先是常委们一个个被叫去谈话，接着是委员和一般干部。去的人都很严肃，出来时有人笑着，有人却沉着脸，眼里藏着神秘。而后便是纷乱地走动，极秘密地进行串联，到处都是窃窃的私语声。

当天晚上，武装部长老张突然走进了国的房间。老张坐在床边上，很亲热地说："国，你今年多大了？"国说："二十啦。"老张说："你愿不愿当兵哇？你要想当兵，我今年保证把你送走。"国很想出去闯闯，也知道征兵时武装部长是极有权的，于是就说了一些感谢的话。可说着说着，老张就严肃起来了。老张说："国，我告诉你，老王不行了。这人作风不正，你要揭发他的问题呀！组织上已经派人来了，这回就看你的表现了！那些事儿你是很清楚的，很清楚的嘛……"说完，老张意味深长地拍了拍国，就走出去了。

接着是社主任老苗。老苗笑眯眯地说："国呀，咱都是本乡本土的，亲不亲一乡人嘛。人家说走拍拍屁股就走了，咱还得在这儿混哪。日子长着呢，一根线扯不断。你还只是个临时工哇！……"国一听就慌了。"临时工"三个字一下子就钉住他了。他想，苗主任说的是理。本乡本土的，人家说走就走了，他一个临时工往哪儿去呢！国忙说："苗主任，苗主任，我年轻，不晓事，你多说呀。"老苗说："没啥，没啥。本乡的娃子嘛，和尚不亲帽儿亲，啊？"接着，老苗悄悄地说："最近听到风声了吧？县委组织部来人了，调查老王的问题。鳖儿犯事了！这人道德败坏，又整日里压制人……"国头上出了一层细汗："苗主任，苗主任……"老苗说："不要怕嘛，要敢于揭发。年轻人要坚持原则，你是最了解情况的证人，可得说呀！"

而后来找他的是公社的妇联主任马春妮。马春妮是公社副书记老胡的老婆，为人很泼，一张薄片子嘴刀似的，一进门就说："国，老胡叫我来看看你。老胡说了，你年龄不小了，叫我操心给你说个好媒。请放心了，这大鲤鱼我吃了。

娘那脚，这回你得立一功哩。 老王跟'鹅娃儿笋'那浪货明
铺夜盖的谁不知？ 那浪货一趟一趟地往老王屋里跑谁不知？
你得说你不说可不中，你不说就不依你！ 你跟老王算是跟到
茄子地里了。 反国（戈）一击吧！ '鹅娃儿笋'那浪货都供
了，哭哩一把鼻涕一把泪……"

国蒙了。 他像掉进了一口黑黪黪的大井，前走也不是，
后退也不是，眼前是一片黑暗。 黑暗一层一层地包围着他，
仿佛要把他挤成肉酱！ 这时候，他才知道他在公社大院里是
非常孤单的。 没有人能够帮助他，谁也不能帮助他。 他必
须独自做出决定。 极度的恐慌使他不由得想喊一声娘，我的
亲娘哟！

凭良心说，大老王是有魄力的。 抓工作雷厉风行。 处
事果断，自然得罪了不少人。 公社大院里有一个外号叫"鹅
娃儿笋"的女人，是公社广播站的广播员。 "鹅娃儿"已是
很白了，又加一个"笋"，嫩嫩的白，一掐带水儿。 说话轻
声轻气的，更有一种说不出的柔美。 公社大院里的干部都想
馋这女人，争着往广播室跑，可她却跟大老王好上了。 她是
有男人的，男人是个瘸子，在七里外的大柴供销社当副主
任。 副主任不常回来，播音员又常值夜班，大老王呢，单身
一人住公社，于是就有人风言风语地说闲话了……开初时，
只见这女人常到大老王屋里去，去了就坐坐，或是甜甜地叫
一声"王书记"，叫了，大老王就逗她笑，讲一些乡村里的
笑话，"鹅娃儿笋"脸上就抹上了一层夕阳的晕红，羞羞地抿

嘴笑。 在公社干部里，大老王是最风趣的。 既能把人说哭，又能把人说笑。 于是"鹅娃儿笋"往他那里跑得更勤了。"鹅娃儿笋"一去，大老王就跟她讲笑话，夜长，就听见两人笑……渐渐有风声传出来，说"鹅娃儿笋"跟大老王有一腿。 传言者说得逼真，公社院里沸沸扬扬，大老王得罪人多，有人就告到县里了。 国没看见过，自然不敢胡猜……

现在，这段隐私牵连上了国，使他一下子陷入了进退两难的境地。 揭发，对他来说是可怕的，不揭发同样可怕。大老王不会饶过他，那些人同样不会饶过他。 他的肉身子夹在了两座大山之间，挤得他喘不过气来。 有一刻，国的头都快要想炸了！ 他不知道如何是好，心乱得连一点主意也没有了。 陷阱，陷阱，他眼前全是陷阱……

夜深了，公社大院里很静，静得人心慌。 国心里说：我供出来吧，供出来吧，我把鳖儿供出来吧。 这不怨我，这不怨我，我没有别的办法。 你叫我怎么办呢？ 我是一个屎合同工，说滚蛋就滚蛋，恁多人威胁我，我受不了了，我实在受不了了……过一会儿，国心里又说：不能供，不能供，不能供。 你又没看见，供出来你还怎么活人呢？ 供出来你还有脸见大老王吗？ 供出来你就成了一泡臭狗屎，谁想踩就踩的臭狗屎！ 瞎熊哇，你个瞎熊……再过一会儿，国摇着头在心里说：我×他娘，×他娘×他娘×他娘×他……娘啊！！最后，在濒临绝望的一刹那，国推开屋门，像狼一样地冲了出去。

……国像游魂似的在乡村土路上荡着，他眼前是一片浓黑，身后仍然是浓黑。 夜密得像一张大网，紧紧地裹着他。可是，走着走着，他抬起头来，突然发现他已来到了村口。他怎么也想不到，在不知不觉中他竟然走了九里路，回到村里来了。 这时，他毫不犹豫地推开了三叔的家门。 门没插，三婶早已睡了，三叔在床上坐着吸旱烟。 一盏小油灯半明半暗地亮着，映着一团被烟火熏黑了的土墙。 屋子里自然有一股臭烘烘的气味，那气味像陈年老酒一样扑面而来，给人以温馨的亲切。 国什么也顾不上了，他站在三叔的床前，连气也没喘，一股脑把那事儿说了……他说得很快很急促，说完后静静地望着三叔。

三叔在油灯下坐着，依旧"吧嗒、吧嗒"地吸旱烟。 他两眼塌蒙着，一张脸像是揉皱了的破地图。 地图上爬满了蚰蜒般的小路，小路弯弯曲曲又四通八达，高处发黄，低处发黑，那回旋处又是紫灰色的，仿佛隐隐地流动着什么。 但细细看又是静止的，静得十分浩瀚。 这是一张没有年月没有日期的地图，而四时的变化、岁月的更替却又清清楚楚地印在上面。 风刮过去了，蒙上一层黄尘；雨淋过去了，溅上些许湿润；冰雹砸在上边，敲出点点黑污；而后是阳光一日日地曝晒，一日日地烘烤，烤得像岁月一样陈旧。 于是这地图就显得更加天然，更加真实，叫人永远无法读懂……

三叔就那么坐着，一动不动地坐着，身后映着一团巨大的黑影。 那黑影狰狞得像瓦屋的兽头，岿然似山脉。 看久了，那黑影又透着温和亲切，像麦场上的石磙。石磙散着牛粪的气味，也散着小麦的熟香。石磙跟着老牛在麦场上滚动，沉重而又温柔地轧着麦穗儿，麦粒儿就欢欢地从壳里跳出来，散一地金黄。而后石磙就蹲在场边上，再也不动了……

三叔的大裆裤扔在黑污污的被子上，随着三婶的鼾声时起时伏。三叔的烟锅早已熄了，可烟杆仍在嘴里含着。只有蛐蛐一声声短叫……

三叔没有说话。

三叔一句话也没说。

三叔塌蒙着眼皮，就那么默默地坐着，像化了似的坐着。

国扭身走出去了。

夜静了。谁家的狗叫了两声，似觉出是自己人，也就住了。秋夜的天宇十分阔大，星儿在天空中闪烁，月儿高挑着一钩银白，凉凉的风从田野上刮过来，沁着醉人的泥土气息。月光像水一样地柔，土地在月光下舒展着伸向久远。颖河水哗哗地流淌着，仿佛一把古老的琴在吟唱。堤上的柿树在朦胧中凸着深深浅浅的油黑，苇丛在秋风中轻轻摇曳，悄悄送出小小虫儿的呢喃。游动的夜气里弥漫着秋庄稼的熟甜，淡淡是谷子，浓浓是玉米，偶尔一缕是芝麻。这是一个清亮亮的夜，墨黑在月光中淡化了。连那远远近近的鬼火都一下子显得很顽皮，娃儿似的荡着，一时东，一时又西，仿佛在说：老哥，你回来了？

国踏着月光往回走，不知怎的，走着走着，头就不那么涨了。这时，他似乎听见身后有"趿拉、趿拉"的脚步声。那脚步声很坚实地碎着，一时贴近了，一时又显得很遥远……

国没有回头，很久很久之后，他恍恍惚惚地听见身后有人说：

"要是混不下去，就回来吧。"

国不再想了，什么也不想。他走回公社，把身子撂在床上，一觉睡到天明。

第二天上午，县委组织部的人找他谈话，国一口咬定没有这事，没有……

五天后，大老王回来了，公社大院里立时热闹起来。老苗、老胡、老张、老马……都跑过来迎接他，一口一个"王书记"，亲亲地叫着说："王书记回来了？""王书记累了吧？""王书记，几天不见，怪想你哩……"大老王也笑着说："回来啦。不累，不累。"仿佛什么事都没发生过。

半年后，大老王的调令来了，调他到县委组织部当部长。临走时，他才对国说："国，你愿不愿意跟我到县里去？"

国心里暗暗地松了一口气。他心里说：幸亏没有揭发，幸亏没揭发呀！可他始终不明白，他是怎样走回村去的，他为什么要到那里去。那股神秘的力量究竟来自何处呢？

多年之后，他仍然不明白。

八

五年后，一纸任命书下来，国当上了副乡长。

在这五年里，大老王把他带进了一个更为窄小又更为广阔的天地。 国跟着大老王进入了县城较高层的政治生活圈子。 在这个生活圈子里，国学到了更多的不为常人所知的东西。 在这里，他知道了什么是该说的，什么是不该说的；知道哪些地方是能去的，哪些地方是不能去的。 这生活使他兴奋，也使他感到危机四伏……

在县里，国先是在县委招待所当了两年合同工。 乡下人到城里来，自然是被人瞧不起的。 国就拼命干活，一句闲话也不说，也从不给大老王找麻烦。 临来时，大老王曾严厉地告诫过他，大老王说："国，我让你来，是看你对原则问题不含糊，是个苗子。 这是组织上的培养，不是个人的事，知道吗？"所以，在公开的场合，大老王一直对国很严厉。 然而，私下里，大老王却对国一直十分关照，有时候开会开到半夜还绕到他那里坐坐，摸摸被子薄不薄，待他像小弟弟一样。 日子久了，知道城里人事关系复杂，于是国学会了隐藏。 隐藏是一门很高超的艺术，脸上空空的，胸中却包罗万象。 笑的时候也许正是不想笑的时候，不笑的时候也许正应该开怀大笑。 谁能把脸变成机器呢？ 国正做着这种努力。

不痛快的时候，他也曾关上门掉几滴眼泪。 可出了门，他就对自己说："娃子，笑吧。 在城里不好混，你笑吧。"于是就笑了。 大老王知道国的嘴严，有时也跑到他那儿发几句牢骚。 有一次，大老王感慨地说："国呀，这厍官不好做呀！"国说："有啥不好做的？ 论你的能力，当县委书记都行！"大老王的脸立时沉下来了，喝道："胡说！"国愣了，问："私下也不能说呀？"大老王严肃地说："私下也不能说。 这是组织上的事！"过一会儿，大老王站起来，敲着国的头说："国呀，你个厍国呀，猴儿一样！"大老王笑了，国也笑了。

过了一段时间，国很快转成了国家干部，入了党。 时隔不久，大老王又把他送到省委党校学习去了。 临行前，国带了两瓶好酒去看大老王，那酒是在县委招待所买的平价茅台，是一般人舍不得喝的，整整花费了国两个月的工资。 可大老王看见酒就火了，当着客人的面狠狠把他熊了一顿！ 大老王骂道："厍？ 谁教你的？ 你给我说谁教你的？ 你是党员吗？ 我开除你的党籍！ 厍毛灰，你拿两瓶酒来，你当你还是农民娃子呢？ 你是干部！ 组织上考虑的事儿两瓶酒就解决了？ 掂回去！ ……"国含着两眼泪，一句话也不敢说，乖乖地把酒掂回去了。 当天夜里，大老王敲开了国的门，拍着他的肩膀说："国呀，骂了你，你不服是不是？"国勾着头一声不吭。 大老王叹口气说："送你上学的事是县委常委集体研究的，不是哪个人的事。 就是我让你去，也代表组织嘛，不要瞎胡想。"过了一会儿，大老王说："国呀，你还年轻哇。一个人的立身之本还是看工作呀！……"而后，大老王手一挥说："好了，好了。屌国，喝一杯，为你送行！"大老王掂出一瓶酒来，倒在两个茶杯里，端起来一饮而尽，国也默默地把酒喝了……

国在省委党校里学习了两年，轻轻松松地弄到了一张大专文凭。那时候，上头正提倡专业化、知识化、年轻化，一张大专文凭是十分金贵的。而这时大老王恰好当上了县委书记。于是一纸公文下来，国又回到了出发地王集，当上了王集乡副乡长。

回王集的当天，国很想回村去看看。五年了，他越走越远，乡情却越来越重。他常常回忆起早年吃奶时的情景，那些裸露着的乡下女人的奶子经过想象的渲染一个个肥满丰腴地出现在他的眼前。在夜梦里，他的嘴前总晃着一个个黑葡萄般的"奶豆儿"，他用手去抓，抓了这个，又抓那个；吮了这个，又吮那个……国觉得应该回去看看了。离村只有九里路，不回去是说不过去的。可他又觉得他是副乡长了，有点身份了，不说衣锦还乡，这多年没回去，是不是该买点啥？该买的，他觉得该买。乡人们待他不错，既然回去了，就该买些礼物才是。

国匆匆出了乡政府大院，可走着走着，他又站住了。不是没什么可买，这些年镇上变化很大，很热闹，卖东西的铺子很多，各样货色都齐全……而是没法买。国在心里算了一笔账，回去一趟，三叔那里得去，四叔那里也得去，还有七叔、八叔、三奶奶四奶奶五奶奶，六爷七爷八爷，还有一群的婶一群的嫂……他欠的不是一个人的债，一个人的情好还，他欠的是一村人的养育之恩。若回村去，人们见了他会说："国，你忘了吗，你吃过我的奶呀！""国，你当赤肚孩儿时怎样怎样……""国，你上学那年怎样怎样……"国怕了，他拿不出那么多钱去买礼物。这些年他挣钱不多，县城里人事关系重，他的工资大多都花在交往上了。而一个堂堂的副乡长，又怎能空手回去呢？人们会耻笑他的。

国站在街口上，耳听着周围那些热热闹闹的叫卖声，迟疑了半晌才说：应个人老不容易呀。缓缓吧，缓缓。

第二天，一位本地的乡干部问他："李乡长，咋不回家看看哪？"国随口说："家里没人了。"可过后他又问自己：家里没人了吗？乡人们待你这么好，他们不是人吗？你是没爹没娘不假，可你从小是吃百家奶长大的呀！……国突然感到了恐怖，从未有过的恐怖。他欠了那么多人情债，怎么还呢？用什么去还呢？无法偿还哪，无法偿还！他在乡里工作，总是要见乡人的，见了面又怎么说？

此后，国曾想等化肥、柴油指标下来了再回去。那时，他可以给乡人们多弄些化肥、柴油票。乡下缺这些东西，捎回去让三叔给大伙分分，也算有个交代了。然而，等化肥、柴油指标下来的时候，县上乡里又有很多人来找他。有的人拿着县里领导写的条子，有的人又因为种种原因不能不给，这么一弄，手里的东西就所剩无几了。 那些天，国的怨气特别大，一时恨乡长太揽权，给他的化肥、柴油指标太少；一时又埋怨乡人们不来找他，要早早来人缠着他要，也不会到这一步。 再后，国把所剩很少的化肥、柴油票撕了，他说："去他娘的吧！"

时间一天一天地过去了，国很想回去，却没有回去。 有一天，他在街上走着，突然看见了四婶。 四婶到镇上卖猪来了，一双小脚侧歪歪地拧着，吃力地拉着架子车。 四婶老多了，苍苍白发在风中散着，走着还与车上的猪说着话儿，那猪直直地在车上站着，一个劲地吼叫！ 这一刻，国紧走了几步，很想跑过去帮帮四婶。 可他却拐到一个巷子里去了。他在巷子里转过脸去，背对着路口吸了一支烟，待猪的吼叫声渐远的时候，他才走出来。 国心神不定地走回乡政府，一上午都恍恍惚惚的，像偷了人家似的。 有好几次，他跑出乡政府大院，远远地望着生猪收购站。 四婶的架子车就在收购站门口放着，四婶正坐在车杆上啃干馍呢。 那饼一定很硬，四婶很艰难地吞咽着，像老牛倒沫似的反复咀嚼。 假如国走过去说几句话，四婶就不用排队了。 可国默默地站着，掉了两眼泪，却没有过去。 国又快快地走回乡政府大院，他心里明白，他怕见四婶。 为什么怕呢，那又是说不清的。

又有一次，乡里要开各村的干部会。 国知道三叔要来，就借口上县里开会躲出去了。 会后，他问有人找他没有。人们说没有。 国怅怅的，再没说什么。 国心里是想见三叔的，可又怕见三叔，怕见大李庄的任何人。 要是见了面，三叔问他："娃子，离家这么近，咋就不回去呢？"他说什么，怎么说？ 要知道，在他们眼里，他永远是黄土小儿呀！ 黄土小儿，黄土小儿，黄土小儿……

躲是躲不过的。 好在国碰上的是二姐，嫁出村去的二姐。 在街上，他看见一个女人袅袅婷婷地从出租车里走出来，烫着波浪长发，身上香喷喷的，也拎着洋包。 这女人叫他"国哥"，他愣愣地站住了，不晓得这漂亮女人是谁。 漂亮女人说："我是二姐呀。"国"呀"了一声："二姐？"二姐笑着说："俺那死货承包了个矿……"往下的话，国听不见了。 国没想到二姐竟是这样的出众！ 他想，人富了，也就显得漂亮了。 二姐出嫁时他帮着抬过嫁妆，二姐是哭着走的，现在人家笑着回来了。 这才叫衣锦还乡。 二姐带了好多礼物，还雇了车，漂亮得叫人不敢看。 国觉得那"嘚嘚"的皮鞋声就像踩在他的心上！ 他知道二姐要回村去，于是就生怕二姐问他回去不？ 好在二姐没问，他算是又躲过去了。 心里却很不平静。 待二姐走过去的时候，国闻到了一股烟煤的气味，大唐沟的煤，这才稍稍好受些。

国试图修改他的记忆。 他悄悄地对自己说：乡人们对他也不是那么好，那时候他也常常挨饿。 冬天里，人家都有爹有娘有人管，他没人管，常常饿得去地里扒红薯。 有时候也在烟坑里住，大雪天，抱一捆干草睡，冻得他浑身打哆嗦……但另一种声音仿佛来自天庭，那声音说：国，拍拍良心吧，拍拍你的良心！ 不回去也罢了，怎能这样想呢？ 天理不容啊！ 你光肚肚儿从娘肚里爬出来，娘就死了，你没有一个亲人，姥姥舅舅都不管你！ 你是怎么长大的？ 你说呀，你是怎么长大的?！ 你该回去的，国，你该回去呀……国又小心翼翼地对自己解释说：我也想回去呀，我早就想回去。 可我怎么回去呢，回去说什么呢？ 那么多的乡邻，哪家该去，哪家不去呢？ 都欠人家的情啊，都欠……国没有回去。

九

国是带着计划生育小分队回村的。

那年冬天，王集乡的计划生育工作受到了县里的严厉批评。 县委书记大老王在全县干部大会上点了王集乡的名，并当场撤销了乡党委副书记老黄的职务。 王集乡的干部一个个像龟孙子似的耷拉着头，而后扛着"黑旗"回乡。

自从在县里挨了批评，乡长老苗回到王集就集中全乡的干部大搞计划生育。 老苗挨了大老王的熊，就把气撒在国身上，让国主抓计划生育工作。 老苗不但让国负责计划生育工作，还把大李庄定为"钉子村"，让国亲自带人到大李庄搞计划生育。 搞计划生育是得罪人的事，一般都是这村的干部到那村去，可老苗偏偏让国回大李庄，国一咬牙认了。

国知道农村的计划生育难搞，也知道撤老黄的职有点冤。 老黄为搞好计划生育做了不少的工作。 他整天带人到各村去宣讲政策，还组织人画了许多人口暴涨的图表、宣传画到各村去展览，甚至还借了一部"幻灯机"挨村去放。 眼熬烂了，喉咙喊哑了，可乡下人就是不听这一套，该生还生。 在无数个没有灯光的夜晚，乡人们看了老黄搞的计划生育宣传幻灯片后，仍去做那繁衍后代的事。 老黄撤职前已扣去了好几个月的奖金，他曾在一个村民大会上可怜巴巴地对乡人说："老少爷们，我的衣食父母哇，我的爷！ 别再生了……我作揖了，我给你作揖了！"乡人们听了竟哄堂大笑……所以，临回村时，国对自己说："你得狠哪，国，你得狠！"

国回村当天就召集全村人开会。 一听是计划生育的事，队干部们全都缩缩地不肯靠前。 国亲自在大喇叭上喊了三遍，村人们都迟迟不来，一直等到半晌午的时候，场院里才稀稀拉拉来了些人。 天冷了，人们像雀儿样地搐着，东一片，西一片。 他多年没有回来了，不承想乡人们还是穿得这样褴褛。 他听见散乱的人群里有人窃窃私语说："那不是国吗？ 国回来了……"他不敢再往下看，闭上眼，吸一口气，炸声喊道："老少爷们儿，计划生育是国策，别以为我回来了就能躲过去。 天王老子亲爹亲娘也不中！ 这回可是动真的哩！ 该上环上环，该结扎结扎！ 违反政策的，该罚多少拿多少。 有钱出钱，没钱抬东西扒房子！ 话说了，明天中午十点钟以前必须见人！ 要是不来人，别怪乡里干部不客气……"国讲完了，默然地望着三叔，示意三叔也说几句。三叔更加老相了，枯树根似的在那儿蹲着。 国看了他好几次，他才站起来，诺诺地说："国回来了……该咋就咋吧……别、别太那个了。 好赖自己爷儿们，给国个脸气……"国最怕说"脸气"，一说到脸面国心里火烧火燎的！ 他立时沉下脸来，厉声说："老三，看什么脸面，谁的脸面也不看！ 政策就是政策。 我再说一遍：明天中午十点钟以前……"三叔哑了，三叔没想到国会熊他，就木木地蹲下来，再也不说话了。 国也没想到他竟然敢训三叔，一时也愣了……

第二天上午，国领着计划生育小分队的人在大李庄学校里等着。 学校放假了，专门腾出了一个教室供检查用。 国在校园里扼杀了任何记忆，他不敢看那些破烂的教室和课桌，他站在院子里，两手背着，把目光射向遥远的蓝天……十点钟到了，没有一个人来检查，谁也不来。

冷风嗖嗖地刮着，遮天的黄尘一阵阵荡来，似要把人埋了。 国心里打鼓了，国说："这一炮得打响啊！ 老天爷，这一炮要是打不响，往下就完了。"

等到十点半的时候，国不再等了，他带着小分队挨家挨户去查。 头一户违反政策的是二贵家。 国领人到了二贵家，可二贵家一个人也没有。 二贵跑了，二贵家女人也跑了。 院子里空空荡荡的，三排破砖头支着一个土坑。 扒住窗户往屋里一看，屋子里也空空荡荡的。 二贵精呢，二贵把值钱东西都转移出去了……国在院里转了一圈，心说：怎么办？这是头一户啊！头一户治不住，往下还怎么进行呢？国心一横说："去，把他娘叫来！"队干部们都怕得罪人，好半天才磨磨蹭蹭地去了。终于，二贵娘来了。二贵娘就是七婶。七婶挪着一双小脚，腰里束着个破围腰，两手像鸡爪似的抖着，一进院就苦着脸说："孩儿是我养的，可分家了呀，俺分家了呀。"国眼盯着七婶头上的一缕沾有柴草的白发，说："分家了也是你孩儿！昨天开会叫到学校里去检查，为啥不照面？！"七婶流着泪说："我有啥法儿哩？娃大了，我有啥法儿哩？"国火了："你没法儿是不是？"随即大手一挥，"这院里的树，统统给我砍了！"

于是国亲自坐镇指挥，命令小分队的人全都上去砍树。院里有几十棵桐树呢，全都一把多粗了。那斧子一声声响着，就像砍在七婶的心上……"咔嚓"一声，第一棵树放倒了，紧接着又是第二棵……这时，村街里已围了很多人看，人们默默地站着，谁也不敢吭声……国的脸像铁板一样绷着，谁也不看，两眼死死地盯着村外那片黄土地……七婶先是站着，眼看他们真要砍树，七婶"扑咚"一声跪下了。七婶跪在当院里，呜呜地哭着说："乡长，李乡长，我去叫，我去把人给你叫回来中不中？爷呀！李乡长哟，饶俺吧！我去叫人中不中？……"

那一声"爷呀！"似五雷轰顶！国颤抖了，心在淌血，国心里说：李治国，你个王八蛋！你不能好好说吗？你看看七婶，你敢看七婶吗？你吃过七婶的奶呀！你的牙痕还在七婶的奶头上印着呢！ 七婶这么大年纪了，她给你下跪呀！ 她跪在你的面前，一声声叫你乡长，叫你爷呢！ 你要是个人，你要还有一点人味，你就跪下去，你跪下去把老人扶起来，给她擦擦眼里的泪……这一刻，国的心都要碎了，可他依旧漠然地站着，仅仅说了声："停住。"而后，国背对着七婶，冷冷地说："天黑之前，你把人给我找回来。"

四周一片寂静。 国寒着脸走出了院子。 围观的村人们默默地让出一条路来，一个个怯怯地往后缩。 国感觉到了村人们的敬畏，那敬畏自然是他六亲不认的结果。 他知道，他再也不是黄土小儿了，再也不是了。

国进的第二家是麦国家。 麦国家女人是又怀了孕的。 她已生了三胎了，地上爬一个，怀里抱一个，还要生。 麦国家女人听信儿就跑了。 麦国没跑。 麦国会木匠手艺，正在家给人家打家具呢。 他见国先是笑笑，见国没笑，也就不敢笑了。 麦国的手十分粗大，手掌像锯齿似的崩了许多血口子。 他很笨拙地拿烟敬国，国自然不吸，脸黑煞煞的，他就那么一直举着。 国支使人抬东西的时候，麦国说："国，总不能叫我饿死吧？"国一听就火了，声音也变得像锯齿似的："就是叫饿死你哩！ 为啥说叫饿死你哩？ 因为你屡次违反计划生育政策，就叫饿死你哩！ 为啥说违反计划生育政策就叫饿死你哩？ 因为粮食不够吃你还一个劲儿生！ 你看看你这个家，破破烂烂的，像啥？ 你告我吧，你说说我说了，叫饿死你哩！"麦国翻翻眼，不敢再吭了。 往下，他哀求道："我叫她回来，我一准叫她回来……爷们，这是给人家打的家具呀！你拉走了，我用啥赔人家呢？乡长，乡长……"国背着手在屋里来回走着，麦国就转着圈跟着求他，说宽两天吧，再宽两天吧，人已跑了，得给个叫的时间哪……倏尔，国站住了，他听到了一串撕心裂肺的咳嗽声！那咳嗽声像麦芒儿似的堵住了国的喉咙……那是三爷的咳嗽声。他不知道里屋还有人，可三爷在里屋躺着呢！三奶奶已经死了，三爷也老得不会动了。那么，三爷一定是听到了他说的关于"饿死你"的理论……这话当然是吓唬麦国的，当然是胡说，可他不知道三爷就在里屋躺着呢！三爷，三爷，三爷……问问天，问问地，问问风，问问雨，在三爷面前你能说这样的话吗？……国胸中立时烧起了一蓬大火！他的心在火里一瓣儿一瓣儿煎着，他的肝在火里一叶叶烤着，他的五脏六腑都化成了灰烬！没有了，什么也没有了，他只剩下了一个空空的壳……但是，国咬紧牙关，仍然冷冰冰地说："一天！把人叫回来，还你东西。"

…………

三天，仅仅用了三天时间，大李庄的计划生育工作奇迹般地结束了。国胜利了。他的方法又很快地推广到全乡，在一个冬天里，王集乡的计划生育工作一跃而成为全县第一名，于是黑旗换成了红旗。

然而，国却是偷偷离开大李庄的。临走前，国以为三叔会骂他一声"王八蛋！"，村人们会用唾沫唾他！可三叔没有骂，三叔默默的，一村人都默默的……

第二年春上，国当上了乡长。

十

当上乡长了，可国却无法面对乡人，更无法面对自己。每当夜深人静时，拷问就开始了……

他问自己，这样做对不对？

对的。 面对国家的时候你是对的。 你是乡长，你必须这样做。 不这样人口就降不下来，不这样人口就会产生大爆炸，国家会越来越穷，到时候大家都会没饭吃。 而且你仅仅是一个齿轮，国家才是机器，一个齿轮是无法转动国家机器的，只有随机器转动。 机器对齿轮下达的每一道指令都是绝对正确的，不容有丝毫的迟疑。 当整个机器开动起来的时候，一个小小的齿轮能停止转动吗？

那么，在方式方法上，并没人要求你这样做。 是你自己要这样做的。 在王集乡，你采取了极端的方式，难道没有更好的办法了吗？ 譬如，像老黄那样，甚至比老黄更耐心地去做工作，说服他们。 难道你不该比老黄更耐心细致吗？

没有更好的方法。 你比老黄更了解他们。 在这块土地上的一切都是根深蒂固的，乡人们有自己的道理。 他们一代一代地在这里生活了几十年，他们没有更多的盼头，唯一的就是生娃。 如果你还在乡下，你也会和他们一样的。 除此之外，还有别的乐趣吗？ 你无法改变他们，尤其是短期内你无法改变他们。 乡下人不怕吃苦，他们要的是传宗接代，生生不息。 乡下人也不考虑村子以外的事体，他们在极狭小的范围里劳作，不晓得什么叫人满为患。 在这里，当他们还扛着锄头下地的时候，你无法让他明白计划生育的好处。 克服愚昧是需要时间的，那需要很多人一天天一年年的努力。任务是紧迫的，你没有说服他们的时间。 即使有时间，你也无法说服他们。 你没有这种力量。 你仅仅是一个黄土小儿，假如没有乡长的框子，在他们眼里你永远是黄土小儿。方法不是最重要的，你仅仅使用了乡长的权力。

那么，这样做是不是太残酷了？

是残酷。 既然不能说服，就必须强迫。 柿子长在树上，柿子还没有熟，可你不能等了，你不能等熟了再摘，熟了就会掉在地上，就会烂掉。 你只能在它还长的时候摘，你把涩柿子拧下来，放在罐子里捂、熏、蒸……然后拿出来就能吃了。 这也是一种强迫。 可你必须强迫，没有强迫，就没有果实。

政策是不容许使用强迫手段的，政策要求说服。 可工作起来就顾不上这么多了。 老黄按照政策使用说服的方法，可老黄被撤职了，成了一个废齿轮。 你采用了极端措施，于是你成功了，当上了乡长。 难道老黄的教训不该吸取吗？

但是，良心，良心呢？

乡亲们待你恩重如山，你怎么能下得了手呢？ 你欠下了那么多的人情债，你该还的，可你没有还。 你也知道无法偿还。 那就该好好地待他们，好好给他们讲道理。 再不行就给他们磕头，从村东磕到村西，一家一家地给人下跪。 你看见了，你什么都看见了，你看见他们屋里放着你用过的小木碗，看见了你盖过的破被子，看见了你藏过身的草垛……可是，你却变本加厉地对待乡人，你吓唬他们，威逼他们，断人家的香火，你是有罪的呀，你罪上加罪！

你没有私欲吗？ 你有。 你当了副乡长了，你又想当乡长。 你看不起老苗老胡老黄，你想干出成绩来，想一鸣惊人。 这还不算哪，这还不算。 你一直害怕见乡人，你不敢面对乡人的眼睛。 在你内心深处藏着恐惧，对乡人欠债的恐惧。 你怕人家说你忘恩负义，总想摆脱"黄土小儿"的压迫。 于是你变压迫为压迫，用权力的大坝拦住了漫无边际的乡情……你没有为乡人办任何事情。 你办的头一件事就是回去搞计划生育。 搞计划生育时你扼杀了你的过去，扼杀了乡人对你的期待，你可以说你是为了国家、民族、乡人，你不得不这样做。 可是……

你得到了什么？ 不错，你得到了乡长的职位。 可你却失去了最最要紧的东西，你切断了你的根。 你再也无脸回大李庄了，再也无颜见乡亲父老了。 你吓唬他们的时候，他们没有人吭一声，他们沉默着，沉默着，沉默着……纵然到了这时候，他们也没有提起你的过去。 可你害怕这沉默，心里怕。 你硬撑着搞了，你六亲不认，可你的心在淌血！ 你把血吞下去，却无法吐出来。 你成了一个游魂，断了根的游魂。 当了乡长了，人们眼热你嫉妒你，可你心里的痛苦向谁诉说呢？ 你无法诉说，也无处诉说。

你又见到了梅姑，用血肉之躯给你暖过身子的梅姑。 你眼睁睁地看着梅姑被拽进了乡政府大院，那就是你的极端措施被推广后造成的。 梅姑已被男人折磨得不像人样了。 她像驴样地躺在地上打滚痛哭，凄然地号叫着……那时候你就站在离她不远的地方，你无动于衷吗？ 假如一切都还可以解释，对梅姑你又能说什么呢？ 梅姑做完手术后不敢回家，她怕男人揍她，就在乡政府的门口坐着哭……你为什么不送她回去？ 为什么？ 你该跪下来请求梅姑的宽恕，用心去跪。你该说一声："梅姑，原谅我吧。"纵是尽忠不能尽孝，你也该有句话的。 可你没有啊！ 假如梅姑有知，会宽恕你吗？

良心哪，良心……好好工作吧，好好工作。 假如乡人能富起来，有了过好日子的一天，你的无情还可以得到宽恕，不然……

在乡政府大院里，国笑着应付日常事务，可他灵魂深处的拷问一天也没有停止过。 他无法承受那旷日持久的追索，更无法填补精神上的空白。 他觉得不能再待下去了，再待下去他会发疯的。 于是他一连打了三次请调报告，又专门跑到城里去找县委书记大老王。 大老王说："干得好好的，动什么？"国恳求说："我不能待在王集了，不能再在王集干了。王书记，你给我动动吧。"大老王听了，眯着眼说："不行，服从分配！"国笑笑，什么也没说就走了。

此后，国却很快调出了王集，到县里当组织部副部长去了。

十一

国结婚了。

国是调到县城后的第二年结婚的。媒人是县委书记大老王。那姑娘长相一般，却有足够的时髦和足够的优越。她是一位副市级干部的女儿，人很浪漫又很现实，条件是很苛刻的，一要文凭二要水平，这些国都不缺，于是浪漫就扑进了国的怀抱。

每当国和这姑娘单独在一起的时候，国就想起梅姑年轻时候的鲜艳。他觉得这浓妆艳抹连梅姑年轻时的小脚趾都抵不上！国更无法忍受的是她的做作，她常常莫名其妙地问国："你喜欢维纳斯吗？"国没好气地说："我喜欢牛粪！"于是这姑娘就跳起来说："太棒了，太棒了！"国心里说，"棒"你娘那蛋！有啥"棒"的？有时候，两人在大街上走着，这姑娘突然就背过脸去，手指着一群光脊梁乡下汉说："你看你看，乡里人太没教养了！"国恼了，他板着脸说："乡下人怎么了？老子就是乡下人，不愿去屄！"那姑娘哭了，而后给国道歉，再不敢说这话。应该说，这"浓妆艳抹"在县城里还是很招人的，总有人跟着看。可国不适应，连那甜甜的普通话也觉得恶心。 每次上街，国都梗着脖子往前走，甚也不看。 走着走着就把这姑娘甩下来了，那姑娘就喊："李治国，等等我呀……"国心里一直是不情愿的，他觉得他还能找一个更好的姑娘，不抹珍珠霜就漂亮的姑娘，像梅姑年轻时那样的。 不是假货。 可他还是接受了。 他不能不接受。 也没有理由不接受。 理由。

国结婚前就与那姑娘干了那事儿。 那时国还住在县委招待所里，那姑娘来了，刚认识不到半月，那姑娘来了，就不走了。 她坐在国的房间里扭着腰说："李治国，来呀，你来呀，你抱我，把我抱到床上去。"国心里说：去你娘那蛋吧！ 掂住就把她扔在床上了。 床上有海绵垫儿，那姑娘"咚"一声摔在床上，四肢弹动着叫道："哎呀太棒了！"国最恨城里人说的这个"棒"字，就恶狠狠地扑上去了……过后，国心里说："×他娘，假家伙！"可那姑娘却柔柔地说："李治国，你真野呀，真野！"

国是结婚前一天又碰上老马的，在街角上捡烟头吸的老马。 国正在街上走着，忽然看见路口上有人在打架，一个很野的男人在打女人。 那男人揪着女人的头发，打得女人满脸是血……街上来来往往有很多人，却都在看热闹，没人管。这时，国看见老马冲过去了，老马扔了手里的烟头，像狼一样扑上前去，神经兮兮地揪住那汉子："你、你……为什么打人？ 为什么打人？！"那汉子冷不防，一下子蒙了，忙松了那女人。 瘦削的老马俯身去搀那女人，小心翼翼地擦女人脸上的血。然而，那女人却一下子跳起来，指着老马骂道："干你屎事儿？俺两口打架干你屎事儿？闲吃萝卜淡操心，流氓！"紧接着，那愣过神儿的野汉子抖手就是一巴掌，把老马的眼镜打飞了！打着还骂着："叫你管闲事！……"可怜的老马像狗一样趴在地上，两手摸摸索索地在地上找眼镜，摸着嘴里还喃喃地说："怎么会呢？怎么会呢……"惹得周围人哄堂大笑。

在这一瞬间，国心里存疑多年的疙瘩解开了。他明白梅姑为什么会喜欢老马了，他明白了。老马是很窝囊，但老马身上有一种说不出来的东西……国看见老马慢慢地爬起来了，脸上肿着一块青紫。这一刻，他很想走上前去，把"结婚请柬"递给老马，正式邀请老马参加他的婚礼。可"身份"阻止了他，身份。他摸了摸兜里揣的印有大红"喜"字的请柬，犹豫了一会儿，却又塞回去了。他又想像往常那样说一句：老马算什么东西！可他说不出来了，再也说不出来了……

国的婚礼十分隆重。结婚这天，县委书记大老王是"月老"；市里的主要领导都来了。县里的更不用说，有些"身份"的全都跑来祝贺。人们衣冠楚楚，面带微笑，连婚礼仪式中的逗趣儿也是温文尔雅的。处处是身份，处处是等级和矜持。人们笑着，笑着，笑着。国也裹在西装里与人们握手、点头、微笑。女人"灿烂"地在人们眼前炫耀着她的服饰和高贵，不时"咯咯"地浪笑。而国却像是在梦里。他觉得这一切都是不真实的，假的。 在这些人中间，有冲着职务来的，有冲着关系来的，有冲着形式来的，当然也有朋友，那也是"职务"的朋友。 有些人心存嫉妒，有些人私下里恨不得把你掐死！ 可他们全都笑着，像道具似的笑着，笑得很商品化。 场面是很热烈的，一切应有尽有了。 可这里唯一缺少的是亲情。 没有亲情。 乡人没有来，一个也没有来。 国曾经想通知乡人，可他最终又打消了这念头。 他没脸通知乡人，再说，这样的场合对乡人也是不适宜的。 于是他周围全是眼睛里标着"假货"的笑的招牌……

国觉得站在婚宴上与人频频敬酒的并不是他。 这里的一切也都不属于他。 他的婚礼似乎应该是在乡间茅屋里举行的。 那里有呜里哇啦的喇叭声；有铺着红炕席的大木床；有撒满红枣、柿子、花生的土桌；有推推搡搡让新郎新娘拜天地的古老仪式；有乡汉们那粗野的嬉笑挑逗；有婶婶嫂嫂拿腔作势的撺掇；还有那必须让新娘从上边踏过的豆秆火！ 狗娃们会蹦着大叫："亲哪，再亲哪，野亲哪！ 狗×的你美了呀！"……可这里没有，这里只有杨市长、王书记、张部长、刘主任……

新婚之夜，国喝醉了。 他坐在新房里的沙发上，仍有恍如隔世的感觉。 应该说，城里女人也是很能干的。 新房刷得跟雪洞一样白，各样东西都布置得井井有条一尘不染。 冰箱、电视，还有那立体声的音响都是城里女人带来的。 城里女人竟还带来了床，很高级的席梦思床，粉色的窗帘，粉色的落地纱灯……他想，女人是跟他睡来了。 女人每睡一次都说一声"太棒了！"，女人就是冲着这"棒"来的。 女人带来的一切全是为了"棒"。 这会儿女人正在外间的客厅里招待客人，女人的交际能力也是他不得不佩服的。 在他的婚宴上，女人对付了所有的客人，免费奉送了很多的笑，女人说全是为了他。 女人盼着他的职位再往上升一升。 所以，女人在他喝醉之后仍然安排了晚宴，独自去对付那些有职位的人了。 女人的笑声不时从客厅里传来，带着一股很浓重的脂粉气。 女人真能干哪，女人在拿烟、敬酒、布菜、卖笑的同时，还能旋风般冲进里屋亲他一下，像贴"印花"似的贴了就走。 可国不由得问自己：这是我的家吗？ 这就是我的家吗？

九点钟的时候，女人匆匆地走进来，匆匆地对他说："外边有人找你，是个乡下人。 我看算了。 你醉了，打发他走算了。"

国摇摇晃晃地站起来，红着眼说："那是我爹！"

女人诧异了，女人说："你爹？ 你不是说家里没人了吗？"

国心里想：我说过这话吗？ 我啥时说过这话？ 他没再理女人，就摇摇地走出去了。

天黑下来了，外边下着蒙蒙小雨，雨线凉凉的，国顿时清醒了许多。 就着窗口的灯光，国一下子就看见了三叔，三叔缩缩地在门口的雨地里蹲着，很老很小。

"三叔……"国热辣辣地叫了一声。

三叔凑凑地走过来，诺诺地叫道："李部长……"

这一声叫得国无地自容！他抓住三叔的手说："三叔，你打我的脸呢，三叔……"说着，国看周围没人，竟呜呜地哭起来了。

三叔说："……走了，也没个信儿。听乡里苗书记说你要办事了，乡人喜哩。得信儿晚了，乡人穷，一时也凑不出啥。这是你爹死后剩下那二百块钱，我给你捎来了。都说国做大官了，不讲俗礼了。乡人们弄了点花生、枣、棉籽，也是图个吉祥……"三叔说着，把一沓钱塞到国手里，又从身后拖出个鼓鼓囊囊的小布袋……

国说不出话来了。多少年了，吃乡人的，喝乡人的，乡人并没记恨他。乡人按俗礼给他送来了"早生子"（红枣、花生、棉籽），还送来二百块钱，乡人厚哇！那钱虽是埋他娘时剩下的，可多少年来，乡人一分一厘都没动过……国不接钱，拽住三叔一声声说："三叔，上家吧，上家吧。"

三叔不去。三叔惶惶地往后挣着身子，说："不了，不了，都是官面上的人……"

国说："走了恁远的路，怎能不上家呢，上家吧……"

三叔更慌了，死死地往后挣着……

国见三叔执意不去，就匆匆地跑回屋，想拿些好烟好酒让三叔捎回去，可等他跑出来的时候，三叔已经走了。院里放着装有花生、红枣、棉籽的布袋，布袋上搁着一沓钱……

国冒雨冲出院子，流着泪大声喊："三叔，等等哇，三叔……"可三叔已经走得没影儿了。 三叔走了四十八里乡路，送来了二百块钱和"早生子"的祝愿。 他来了，又冒雨去了，连口水都没喝。 乡人哪，乡人！

国站在雨地里，内心一片凄凉。 这时，他听见灯红酒绿的新房里女人在喊：

"李治国，快进来呀，小心淋病了。"

十二

在县委机关工作需要更多的艺术。 国一进来就掉进了旋涡之中。 他是县委书记大老王提拔的人，在人们的意识里也就是大老王的人，于是大老王的对立面也成了他的对立面。现在他又成了谁谁的女婿，这关系一直牵涉到市里省里，在上边虽然有人替他说好话，自然就有人反对他。 这样，一个单个人就绑在了一条线上，有了极遥远的牵涉。 国感觉到四周全是眼睛，你无论说什么话、办什么事，都在众多的眼睛监视之下。 你必须有更好的伪装，说你不想说的话，办你不想办的事。 流言像蝗虫，在你心上爬，你得忍着，不动声色地忍着。 有人背后捅了你一下，见了面你还得跟他说话，很认真地谈一谈天气。 组织部是管人事的，但任何一次人事安排都是有争议的。 表面上是简单的人事安排，而私下里却存在着激烈的权力争斗。 每个人都有巨大的背景，那背景并没有写在档案里，但你必须清楚。而后在复杂的人事关系中做出抉择。常常是你任用了一个人，跟着就得罪了另一个人……国不怕得罪人，但缚在无休无止的人事纠纷中却是很疲累的。

六月的一天，国走出办公室，突然萌生了回村看看的念头。这念头一起就十分强烈，弄得他心烦意乱。他背着手在院里来回走着，想稳定一下心绪。然而那念头像野马一样奔出去了，怎么也收不回来。他心里说：我得回去，我得回去……

于是，国跟谁也没打招呼，要了辆车，坐上就走了。一路上，他一再催促司机："快点，再快点！"司机看他一脸焦躁，像家里死了人似的！也不敢多问，把车开得飞一样快。路过王集的时候，司机问："乡里停不停？"他说："不停。"可是，当车开到离村只有三里远的地方，国突然说："停住。"

车停住了。村庄遥遥在望。国点上一支烟，默默地吸着。他两眼盯视着前方，却一声不吭……

已是收麦的季节了，大地一片金黄。麦浪像娃儿一样随风滚动着，一汪高了，一汪又低，刺着耀眼的芒儿。灼热的气浪在半空中升腾着，吐一串串葡萄般的光环，光环里蒸射着五彩缤纷的熟香，那熟香里裹着泥土裹着牛粪裹着人汁甜腻腻腥叽叽地在田野里游动。麦浪里飘动着许多草帽，圆圆的草帽。草帽像金色的荷花绽在起伏的麦浪里，这儿一朵，那儿一朵，晃着晃着就晃出一张人脸来……"叫吱吱"一群一群地在麦田旋着，一时不见踪影，一时又"叽叽喳喳"地射向蓝天，嬉逐那热白的云儿……村庄远远地浮沉着，绿树中映着一片陈旧的灰黄。 在陈旧中又模模糊糊地挑着一抹红亮，那是高大瓦屋上挂的红辣椒串吗？ 村路上尘土飞扬，吆喝牲口的号头此起彼伏，一辆辆载着麦捆的牛车在路上缓缓颠簸……

颍河就在眼前。 堤上静静的。 昔年的老柿树仍一排排地在堤上立着，柿叶在烈日下慵倦地耷拉着，河里已无了往日的喧闹，河水浅浅的，只有盈尺细流，像是晾晒在大地上的一匹白绢。 渐渐有一小儿爬上了河堤。 小儿光身穿一小小的红兜肚儿，手里提着一个盛水的瓦罐，小儿摇摇的，那瓦罐也是摇摇的，有亮亮的水珠从瓦罐里溅出来……

小桥就在眼前，小桥静静的。 小桥的历史已记不清有多少年了，桥栏早已毁坏，桥上的石板上印着凹凸不平的车辙，车辙里散着星星点点的麦粒和晒干的片状牛粪，牛粪上清晰地显现出牛蹄踏过的痕迹，像老牛盖的图章。 桥的那边，远远有女人响亮的喊叫：挨千刀挨万刀的你不吃饭了吗？ ……

倏尔，国在不远的麦田里看到了一个熟悉的身影。 那人头拱在麦地里，屁股朝天撅着，身子一拧一拧像蛇一样向前游动。 麦浪在她身后翻倒了，很快又成了一捆一捆的麦个儿，荡扬的土尘像烟柱一样在她周围旋着。 这动作是很熟悉的，十分熟悉，他记不起是谁了。 他盼着这人能抬起头来，歇一歇身子，可这人一直不抬头，就那么一直往前拱。 天太热了，气浪像火一样烤着，坐在车里的国已是大汗淋漓了，那人还在往前拱……一直拱到地头，这时，那人才慢慢地直起了腰。 四婶，那是四婶！ 四婶年轻时是村里的头把镰！那时四婶割麦要三个男人跟着捆……现在四婶老了，站在麦田边上的四婶满脸是汗，头发一缕一缕地贴在额头上，像男人似的挽着一只裤腿。 四婶定是很乏了，弓着腰大口大口地喘气。 四婶那张脸除了阳光下发亮的汗珠，已看不出什么颜色了，只有干乏的土地可以相比了。 片刻，仅仅是片刻，四婶又拱进麦地里去了……在紧挨着的一块麦田里，国又看到了三叔。 三叔没有戴草帽，光脊梁在麦地里站着。 三叔的脊梁像弓一样黑红，铁黑地闪在阳光下亮得发紫，脖颈处的皱儿松松地下垂着，上边缀着一串串豆疱似的汗珠。 三叔又在骂人了，挺腰拍着腿骂，身子一蹿一蹿地动着，是在骂三婶吗？ 或是骂别的什么？ 蓦地，三叔的腰勾下去了，而后又剧烈地抽搐着，麦田里暴起一阵干哑的咳嗽声！ 那枯树桩一样的身量在振荡中摇晃着，久久不止。 三婶慌慌地从麦田里拱出来，小跑着去给三叔捶背……突然，麦田里晃动着许多身影，人们纷乱地窜动着，惊喜地高叫："兔子！ 兔子……"

这时，国听见"扑哧"一声，他的肚子炸了！ 他肚子里拱出一个"黄土小儿"。 那"黄土小儿"赤条条的，光身系着一个红兜肚儿，一蹦一蹦地跑进麦田里去了。那"黄土小儿"在金色的麦浪里跳跃着，光光的屁股上烙着土地的印章。那"黄土小儿"像精灵似的在麦田里嬉耍，一时摇摇地提着水罐去给四婶送水；一时跳跳地越过田埂去为三叔捶背；一时去捉兔子，跃动在万顷麦浪之上；一时又去帮乡人拔麦子……"黄土小儿"溶进了一片灿烂的黄色；"黄土小儿"溶进了泥土牛粪之中；"黄土小儿"溶进了裹有麦香的热风中；"黄土小儿"不见了……

国坐在车里，默默地吸完一支烟，又吸完一支烟……而后，他轻声说："回去吧。"司机不解地望着他："上哪儿？"国低下头，闭着眼喃喃地说："回县里。"

十三

又是秋天了。

在这个秋天里国接受了一件十分棘手的工作。

市里修一条公路，这条贯穿六县一市的公路在大李庄受阻了。这条公路恰巧穿过大李庄的祖脉，先人的坟地受到了惊扰。于是，村人们全都坐在坟地的前面，阻止施工队往前修路。工程被迫停下来了。交通局的人无法说服他们，乡里做工作也没有说通。后来连市长、市委书记都惊动了，匆匆坐车赶来，轮番给乡人们做说服工作。可乡人们以沉默相对，不管谁讲话都一声不吭……

　　这局面已经僵持一天一夜了，市长、市委书记都被困在那里，而工程仍然无法进行。　秋夜是很凉的，乡人们全都披着被子坐在坟地里，以此相抗。　于是市委责令县委书记大老王出面做工作，限期恢复施工。　大老王慌了，也急急地坐车赶往大李庄村，临行前，他吩咐国跟他一块去，让国好好做做村人的工作。　在这种情况下，国是不能不去的。　就这样，国又回到了大李庄村。

　　在路上，县委书记大老王严肃地对国说："好好做一做思想工作，不行就处理他们！"国无言以对，心里像乱麻一样。　又要面对乡人了，他说什么好呢？

　　下了车，不远就是老坟地。　那里有黑压压的人群，市长、市委书记都在那儿站着，县委书记大老王快步迎上去了，国一步一步地跟在后边。　眼前就是先人的坟地了，一丘一丘的"土馒头"漫漫地排列着，每座坟前都竖着一块石碑，一块一块的石碑无声地诉说着族人的历史。　那历史是艰难的，因为这里排列着死人的方队……死人前面是活人。　活人的阵容更为强大，几千个乡人黑压压地在坟前坐着，他们维护死人来了。　这里有他们的祖先，有他们的亲人。　他们不愿意让祖先和亲人受到惊扰。　人苦了一辈子，已经死了，就让他们睡吧。　乡人们就这样默默地坐着，一声不吭地坐着。　作为后代子孙，千年的传统制约着他们，使他们不得不站出来。　可是，他们却阻挡着一条通向六县一市的公路…………前面是活人，后面是死人，这是一支族人的军团，是一条黑色的生命长河。 在这里，生与死连接在一起了，生的环链与死的环链紧紧地扣着，那沉默分明诉说着生生不息，那沉默凝聚着一股巨大的凛然不可侵犯的力量！

面对死人和活人，国一步一步硬着头皮往前走。 可是，他又能说什么呢？

走着走着，国一眼就看出了乡人的凄凉。 乡人一堆一堆地聚在那里，一个个像冷雀似的缩着，头深深地勾下去，十分的惶然，偶尔有人抬头瞭一眼，又很快地勾下去了。 乡人从来没有见过这么多的领导，乡人知道理屈呀。 乡人的负罪感清清楚楚地写在脸上，惊动了这么多大干部，他们已感到不安了。 但他们更感到不安的是对身后死人的惊扰。 那是老祖坟哪！ 多少年来，一代一代的先人都躺在这里，他们每年清明都来为先人焚烧纸钱，祈求平安。 可现在突然有一条公路要从这里过了，他们能安寝吗？

国知道，在这种时候，乡人们是不会退让的。 他们进退两难，无法做出抉择。 他们脸上的迷惘和犹豫已说明了这一点。 若是追加赔偿更不行，那会让他们愧对先人。 他们会说，祖脉都挖了，他们要钱有什么用呢？ 国心里说：这时候不能再说软话了，更不能去套近乎。 他不能以乡人的面目出现，假如说了乡情，那么，乡人们会说：孽种！ 睁开眼看看吧，老祖爷在哪！ ……

在这一刹那，国感觉到了市委领导的目光，他暗暗地吸了口气，冲上前去，厉声说：

"李满仓——！ 干什么？ 你想干什么？ 市里领导都在这儿，你办我难看哩？ 嗯……回去！ 都回去！"

这一声"李满仓"如雷贯耳！ 陡然把三叔提了起来。三叔的名字从来没有被人当众叫过，更没有如此响亮地叫过。 光这一声就足以使三叔脸红了。 三叔被响亮的"李满仓"三个字打蒙了，他慌慌地站了起来，一时满面羞红，手足失措，像一个当众被人揭了短儿的孩子，那困窘一下子显现出来了。 等他醒过神儿的时候，一切都已晚了。 乡下人是极看重脸面的，他一下子面对那么多的领导，在众目睽睽之下，他的名字已写在了众人的眼里。 三叔再也无法蹲下去了。 国这一声叫得太郑重，太严肃，太猛！ 三叔是老党员，在三叔看来，"李满仓"三个字就等于"共产党员李满仓"，那是很重的！ 三叔狼狈地侧转身子，缩缩地往后退着……

紧接着，国眼一撒，又沉声喊道：

"李麦成——！ 干什么你？ 嗯？ 不像话！ 赶快回去……"

立时，人们的目光像探照灯一样在乡人群里扫射着。 五叔被"李麦成"三个字叫得一惊一乍的，实在经不住那么多人看他，语无伦次地摆着手："那那那……不是俺，不是俺……"话没说清，就嘟嘟囔囔地往后退了……

再接着，国炸声喊：

"李顺娃——！ 听见了没有？ 听话，快回去！"

李顺娃跟国是同辈人，人年轻老实，更没见过世面。国一语未了，他背着被子就跑……

往下，国一一叫着村干部的名字，喝令他们回去。国知道村干部是非常关键的，他们都是村里的头面人物，是村人们的主心骨。只要能喝住他们，往下就好办了。可连国都没有想到，喝喊乡人的名字竟会产生如此神奇的效果。在他的呵斥下，被叫到姓名的村干部一个个张皇失措，溜溜地退去了。

乡人群里出现了片刻的骚乱，人们互相张望着，你看我，我看你，不知如何是好。有的已经站起来了，有的还在那儿坐着。站着的人迟疑疑的，仿佛走也不好，不走也不好，就那么呆立着。坐着的人窃窃私语，像没头蜂似的拧着屁股。婶婶娘娘们生怕被叫到名字，全都侧着脸儿，头勾在怀里……

已是午时了，孩子的哭声像洋喇叭一样在坟地上空吹奏着。趁这工夫，国穿过人群走进了坟地。他站在坟地里，目光扫过那苍老的古柏和一块一块的石碑，慢慢地走到一座坟前，他在坟前静默了片刻，抬起头来，沉声说：

"老少爷们儿，为修这条公路，国家投资了一千六百万，一千六百万呀！国家为啥要花这么多钱修路呢？是为咱六县一市的百姓造福哇，是想让乡人们尽快富起来呀！路修通了，经济搞活了，大家的日子不就好过了吗？咱大李庄人一向是知理的。可今天，咱大李庄人挡了六县一市的道了……"说着说着，国话头一转，大声喊道，"老少爷们儿，我李治国今天不孝了！大家都看着，这是俺娘的坟，这墓碑上写着俺娘的姓氏，自古忠孝不能两全，我今天不孝了……"说着，他突然跪了下去，在坟前磕了一个头。而后，他转过身来，手一挥说：

"来人！挖吧……"

施工队的人跑过来了。乡人们呼啦也全都跟着站起来。人群乱了。可谁也没动。人们眼睁睁地看着施工队走进了坟地。看着施工队的人在国的娘的坟前举起了铁锹、洋镐，紧接着，纷乱的挖土声响起来了……

国挺身站着。

人们也都默默地站着。

这时，国听见人群里有人悄悄说："算了，别叫国作难了，官身不由己……"国听到这话默默地闭上了眼睛。到了这会儿，他才悟过来，三叔给了他多大的面子呀！乡人们又给了他多大的面子呀！这是情分哪，还是情分。若不是情分，乡人们说啥也不会让的。族人要真想抗，你就是有天大的本事也不行！乡人们知理呀……

片刻，人群慢慢地散了。黑压压的人们全拥进了老坟地，人们全都跪下来，给先人们磕头。哭声震天！那凄然的哭声像哀乐一样响遍了整座坟地，惊得树上的乌鸦"呱呱"叫着乱飞……

国咬着牙，坚忍地逼住了眼里的泪水。

市委书记大步走过来，握住国的手说："谢谢你，李治国同志，谢谢你！"市长也赞许地说："很有魄力嘛，很有魄力！"

国木然地站在那儿，一句话也说不出来了。

十四

国要走了。

任命已经下达，他荣升为另一个县的县长，他的任命是市委常委会全票通过的。市长、市委书记在会上都高度评价了他的才干和工作魄力。市人大和县人大也已认可，往下仅仅是程序的问题了。现在，那个县派车来接人了，车就停在国的家门口。而且，百里之外，那个县的领导们已在准备着为他"接风"了。

家里，女人正忙着为他收拾东西。女人高兴坏了。女人说："李治国，你太棒了。我真想亲你一万次！"女人像旋风一样屋里屋外忙着，每次走过他身边都像猫一样俯下身来"叭叭叭"。女人亲他就像亲"职务"一样，在他脸上盖了许多"图章"。女人的癫狂从昨天夜里就开始了。她兴奋得一夜没睡，像鱼一样游在国的身上说："我太爱你了太爱你了太爱你了……"国知道她是爱"县长"呢，她太爱县长的权力了，真爱呀！假如他还是那个"黄土小儿"，见了面她也许会"呸"一口呢……

一切都收拾好了，女人扑过来说："走吧，我的县长大老爷，咱走吧。你还想什么呢？"

国坐在沙发里，两手捧着头，一声不吭。

女人像蛇一样缠在他的膀子上，又"叭"了他一下，柔声说："车在外边等着呢，走吧。"

国还是不吭。国默默地靠坐在沙发上，两眼闭着，慢慢，慢慢，那眼里就流出泪来了……

女人慌了。女人温顺地亲着他的头发，而后用舌尖轻轻地舔他的眼泪，女人说："怎么了？你是怎么了？不舒服吗？说话呀，我的好人儿……"

国仍旧不吭。他的眼紧紧地闭着，一串一串的泪珠顺着脸颊流下来……

门外的喇叭一声声响着。女人急了。女人一时看看表，一时又在屋里来回走着，而后女人蹲下来，贴着他的脸说："国呀，你到底是怎么了？头一天到任，那边的人还等着呢。"女人从来没有像今天这样，女人在"县长"面前显得比猫还要温顺百倍。女人细声细气地说："是我不好吗？是我惹你了吗？……"

女人总是叫他"李治国"，这一声"国呀"无比亲切，国的眼睁开了。他茫然四望，不由问自己：我是怎么了，我这是怎么了？是呀，该走了。我还等什么呢？……

就在这当儿，县委办公室的秘书匆匆跑来了，手里拿着一个小包裹。秘书进了门就恭恭敬敬地说：

"李县长，乡里干部捎来件东西，说是家乡的人捎给你的……"

国赶忙站起来，可女人已抢先接过来了。东西看上去沉甸甸的，用一块大红布包着。女人匆匆解开了包着的红布，竟是一块土坯！……

女人望着那块很粗俗的红布，眉头不由得皱起来了。女人不耐烦地说："哎呀，跑这么远，啥捎不了，捎块土坯？真是的！……"接着，女人又摆出"县长夫人"的架势说："算了，就放这儿吧。不带了。"

城里女人不了解乡俗，不知道这块土坯的贵重。国是知道的。这土坯是给出远门的人备制的。土要大田里的，水要老井里的，由最亲的人脱成土坯，用麦秸烤干而后用红布包着让远行的人带上。这样，无论走到哪里都有块家乡的热土伴着你。带上它可以消灾免祸，还可以为出门人治病。有个头痛脑热的，磨一点土末放在茶碗里喝，很快就会好的。过去，凡是出远门的乡人都要带上一块家乡的土坯。有了它，不管你走到哪里，都会平安的。所以，按乡俗，这叫"老娘土"，也叫"命根儿"……

看来，乡人已听说他当了县长了。他要走了。乡人虽没有来送行，可乡人终还是捎礼物来了。乡人给他捎来了"老娘土"，这就够了。没有比"老娘土"更贵重的东西了！……

国的脸立时黑下来，他沉着脸说："带上！"

女人受委屈太多了。女人噘着嘴，生硬地把那块土坯包起来，倔倔地夹出去了。 女人不敢不带。

上了车，国的脸一直阴晦着，一句话也不说，来接他上任的县委办公室主任小心翼翼地问："李县长，你不舒服吗？"这时，国的脸才稍稍亮了些，他很勉强地笑着说："没啥，没啥。"

车开出很远之后，女人的情绪才慢慢缓过来。 她又"叫喳"开了，先是为司机和办公室主任递了烟，而后又悄声对国说："国呀，头天上任，你夹块红布包着的土坯，影响多不好呀？ 不知道的，还以为你迷信呢。"女人一边说着，一边看他的脸色。 当着司机和办公室主任的面，国不好说什么，只是笑了笑。 这笑是下意识的动作，习惯动作。 他笑习惯了，不知怎的，脸上的肌肉一动，就笑出来了。 女人把他的笑当成了默许。 紧接着，女人熟练地摇下了车窗，就自作主张把那块裹有红布的土坯隔窗扔下去了……

"咚！"车窗外一声巨响，惊得办公室主任赶忙扭身问："怎么了？"

女人很有分寸地笑了笑，说："没什么。"

在办公室主任的注视下，国仍然保持着矜持的神态。 可一会儿工夫，他就坚持不住了。 他慌忙扒住车窗往外看，土坯已经不见了，那块红布在路上随风飘动着，越来越远，越来越远，渐渐化成了一片幻影儿……

车仍然飞快地往前开着，可国觉得载走的仅仅是他的身子，他的灵魂已经扔出去了，随那裹有红布的土坯一块儿扔出去了。 他的"老娘土"，他的"命根儿"，还有那漫无边际的乡情，都被女人扔在半道上了……

国一遍一遍地问自己：你是谁？ 生在何处？ 长在何处？ 你要到哪里去？ ……

走着走着，国突然说："停住。 开回去！"

女人惊诧地望着他："怎么了？ 你……"

国还是那一句话："开回去。"

车停住了。 女人小声劝他说："算了吧，你得注意影响啊！ 都等着你呢！"

办公室主任也莫名其妙，忙问："李县长，怎么了？"

女人解释说："没什么。 东西掉了。 也不是啥金贵东西，一块土坯，乡下人送的……"

国不说话，一句话也不说，就那么黑着脸。

办公室主任看看表，头上冒汗了。 他说："李县长，时间已不早了。 县里领导都在那边等着为你接风呢。 你看，这……"

国绷着脸说："那好，我下去。"

办公室主任慌了，忙赔情说："李县长，李县长，这样吧。 你们先坐车走，我下去，我下去给您拾回来……"办公室主任擦着头上的汗，拧开车门，仍像赔罪似的说："李县长，我们在下边做工作的也有难处哇，你给我个面子吧。"

女人也急了，说："你怎么能这样呢？ 算了吧，啊？"

　　国沉默不语，可他脑海里仍飘动着：你是谁？ 生在何处？ 长在何处？ 你要到哪里去？ ……

1985 年 9 月 1 日

开学了，我仍是六年级的班主任。 当班主任一月有五块钱的津贴，校长常常很随意地更换。 一学期一换。 这次他没换。

教室里弥漫着一股口臭气，学生娃刚从地里拱出来，一个个土头土脸的。 过去，我曾强调过要洗脸，当学生了，要洗脸。 可乡下活太多，十几岁的学生也算是半劳力了，忙了一夏天，整日在田里扑腾，头脸就顾不上了。 顶多擦一把，马马虎虎。 说也无用，这是一种习惯。 我没有强调刷牙，在乡下，刷牙很奢侈。 我也是在县城上高中时才开始刷牙的。 说心里话，我如果有钱，会让学生们都刷牙，一人发一套牙具，把牙刷得白白的，教室里就不会有口臭气了。 可惜我没钱。

这是头一天，学生来了七七八八，不齐。 看看地很脏。假期里有人借教室办酒宴，一地烟头。 房角里净是蜘蛛网。窗户上还钉着隔年的塑料薄膜，烂了的塑料薄膜被剥蚀得像小孩尿布一样。 我吩咐学生们打扫卫生，学生说没笤帚。

就去找校长要笤帚。

校长室在东边，门虚掩着。 推开门，见校长光脊梁，在逮虱。 校长放下汗衣，忙净手。 而后问："干啥呢？ 文英。 你干啥呢，也不言声？"

我说："领笤帚呢。 校长，我来领笤帚。"

校长说："没笤帚。 今年经费紧张，没钱买笤帚。"

我看着校长。 校长身上没多少肉，筋巴巴的，皱儿多。校长说："将就吧。"

我回到教室，对学生们说："散吧。 明儿带笤帚来。"

学生们就散了。

9月3日

今天正式上课。

我清点了人数，班里有四十一个学生，空了三个位子。王小丢没有来，王聚财没有来，王大花也没有来。

我问："谁知道他们为啥没来？"

同学们嚷嚷道：

"老师，王小丢他爹不让他上了。"

"王聚财去给他家老母猪配种了。"

"王大花帮她娘生孩去了……"

学生们哄然大笑，亮一片黄牙。 我严厉地说：

"不要笑！"

这时，王钢蛋站起来说："不诓你，老师。 王大花去新疆帮她娘生孩去了……"

阳光从门外射进来，晃得人眼花。我无话可说，就说："上课吧……"

王大花的娘，论辈分我该叫一声婶。乡下没别的，就是想生男孩，好传宗接代。她又怀孕了，生了三个姐，还想要娃。王大花在家里是老大，才十四岁，就跟她娘到新疆去了，去躲避计划生育。此去千里，多大的云彩呀，就拉着大妹，抱着小妹，还要护她娘的肚子，学也不上了……

王聚财去给他家老母猪配种，连假也不请，准是又挨他爹的破鞋底了。他家的老母猪一年生三窝猪娃，很能挣钱，是他爹的"命"。你要给他说，上学重要，还是老母猪重要，他爹肯定会说老母猪能置钱。他爹是个"咬断筋"，有理扯不清。

王小丢不该不上。虽说他家最穷，可这孩子聪明，是班里学习成绩最好的学生。不上可惜了…

中午，我去了王小丢家。小丢爹见我来了，扔出一个小板凳，说："坐。"

人没坐，苍蝇先坐了，一屁股下去，砸死两只。觉得湿，欠起屁股，小丢爹大手一抹，说："坐。"

只好坐。小丢爹依树蹲着，说："闲了？"我说："闲了。"

院里很脏，一地鸡屎。苍蝇在头顶"嗡嗡"飞，很亲热人，赶都赶不去。一只小壳郎猪在脚边"哼哼"着拱，得用脚踢着。 蚊子一团一团地从灶屋的浓烟里卷出来，四下撞。
有公鸡在淘菜、洗碗用的瓦盆上立着，不时啄一下，像敲
钟。 水缸呢，紧挨着粪坑，缸还是烂的，上边趴一层蠓
虫……

我问："小丢呢？"

小丢爹说："丢卖烟去了。 俺不上了，上也是白上。 识
俩字算了。"

我说："让小丢上吧。 咱村多少年没送出去一个，孩子
聪明，不上可惜了……"

我说了一堆好话，讲了很多道理。 小丢爹像蔫瓜一样，
眉头蹙着，一锅子一锅子吸烟。 他额头上趴着一只金色的苍
蝇。 阳光下，脸很重，苍蝇很明亮。

灶屋里，风箱一嗒一嗒响着，忽然就静了。 烟雾里探出
一头柴草，是小丢娘。 小丢娘说："你看俺这一家，你看俺
这一家……"紧接着就咳嗽起来。 而后叹口气，哑着喉咙
说："他爹是个榆木疙瘩，地也种不好，又不会做个生意。 盖
房吧，拖一屁股债……家里缺人手。"

我说："要是学费有困难，我给学校说，给他免了。 这
行吧？"

小丢爹说："日他娘，日他娘哩！"

小丢娘说："买起猪，打起圈；娶起媳妇，管起饭。 国
家的事，咱也不能欠人家。 就是人手紧……"

我不能松口，我又说："十几岁的孩子不上学，长大了又

是个文盲，还不是照样受人欺负。"

这句话很吃紧，老实人最怕受人欺负。小丢娘转着圈说："那、那……要是能上出个名堂，就让他上吧。"

小丢爹轰了苍蝇，白了小丢娘一眼，说："球哩，能上出个啥球名堂？"

我赶忙说："能上出名堂，让他上吧。"

说着话，院里似有了风，有了蕴润的生气，有了一片肉色的明亮。扭头一看，王小丢回来了。这孩子走路一点声音也没有，倏尔就站在院子里了。静静的，黑脸上淌着一层热汗。

王小丢看见我，眼一亮，亲热地叫了声老师。

小丢爹问："烟卖了？"

王小丢说："卖了。"

小丢爹问："几级？"

王小丢说："三级。"

小丢爹喷一嘴唾沫，骂着："日他娘！二级烟卖三级……"

王小丢不吭，很懂事地立着，脸上的汗一滴一滴往下落。

小丢爹唠叨说："咱不认识人家，要是认识，三级烟能卖一级。日他娘呀……"

王小丢仍不说话，就那双眼睛亮着。仿佛知道骂也无用，就不吭。

我对王小丢说："小丢，下午去学校上课吧。 给你爹说了，不交学费，上吧。"

王小丢的目光从爹娘脸上扫过去，头慢慢转着，似喜非喜，脸上竟带着与年龄很不相称的沉稳。 见他爹还在唠叨着骂"烟站"里的人，就说："晌午了，老师，在这儿吃吧，叫俺娘擀蒜面。"

小丢娘慌了，忙说："你看，你看……也没啥好的。"

我说："不了。 记着下午上课。 我回了。"

小丢娘见我站起来，说："吃嘛，在这儿吃嘛……"又说："好好上，别负了老师的心意。"

当我走出院子的时候，王小丢默默地跟在后边，仍是无话。 可我感觉到了，身后有两条细杆腿举着一双黑亮的眼睛，那眼睛很重。

9月11日

上午，校长女人堵在学校门口大骂。

校长女人跟我同岁，才三十八，已苍老得叫人不敢看。黄刀条脸，龇着一嘴猪屎牙，头发乱麻麻的，立在学校门口拍腿大骂：

"郭海峰，你个挨千刀挨万刀的，你出来！ 见棵嫩白菜就想甩了老娘，你休想！ 老娘给你吃给你睡给你生娃，老娘哪一点对不起你？ ……"

校长是许昌人，早年在城里教学，五七年被打成"右派",到乡下来了。 那时候,校长是村里唯一的国家教师。后来娶了老支书的女儿做老婆,成了村里的老女婿。

"老女婿"趿拉着鞋从办公室里跑出来,慌慌地说:"干啥呢? 干啥呢? 有话回家说。"

校长女人上去拎住校长的耳朵,说:"走,上村街里说,哪儿热闹咱上哪儿……"

校长说:"国灿他娘,国灿他娘……"许是怕学生们笑话,就乖乖地跟着女人出校门了。

昨天,学校来了个城里姑娘,穿飘裙。 跟校长在办公室谈了半日,而后就走了。 校长送到门口,一脸光气。 回头给人说是他一位同学的女儿,大学毕业,分在县教育局工作,依母亲的吩咐来看看他。 校长说,这姑娘的母亲年轻时很漂亮。"校花!"校长说,"那时候,上师范那时候……"

不知哪位多嘴驴报与校长女人,女人就骂到学校来了。

放学的时候,见校长女人在地里种萝卜,校长跟在女人身后点种,裤腿挽着,一步一挪,一步一挪……校长女人还不依不饶地抡着锄说:"……郭海峰,你要有外心,我死也不饶你。 我死了变个厉鬼,天天站你床前头!"校长一边点种,一边赔礼说:"这多年了,这多年了……"

记得二十六年前,年轻的郭海峰老师拍着我的肩膀说:"王文英同学,好好学习吧。 我当人梯,一定把你送出去。世界大呢!"

他没把我送出去,自己倒留下来了。

9 月 13 日

午后去镇上给娘抓药。 三剂中药五元八，带洋五元，不足，又携鸡蛋十个，卖与镇人。

多日不来，镇上日见繁华。 人多、车多、卖东西的多。女人身上有很多颜色，穿飘裙，走路簸箕样，不由多看两眼。

路过乡政府门口，碰上了老同学孙其志。 昔日在县城上高中，孙其志曾与我同窗三载。 那时候孙其志与我同坐一个桌，同吃一锅饭，同睡一张床（上下铺）。 有一次，他夜惊尿了床，尿水从上铺流到下铺上，第二天早上我们俩又一块儿晒被子……孙其志头大，常被同学们戏称为"孙大头"。现在"孙大头"当官了，是乡里的民政助理。 他与乡长一干人又说又笑地从门里走出来，像是刚吃了酒，脸上油光光的，有桃色。 既是老同学见面，自然要打个招呼。 我忙下车，迎上去喊："孙其志，孙……"

谁知，孙其志明明看见我了，脸上的笑还像胡椒面一样撒着，却忽地转过脸，巴巴地去拍乡长肩上的土，像不认识一样。 可叹哪，我已张口，忙闭嘴，就觉得人贱。 木木地站了两秒钟，狗一样推着车往前走。 走了几步，只觉秋阳如虎，浑身蝎蜇。 刚刚卖了鸡蛋，这会儿又卖了脸皮，厚颜无耻也只有到我这种地步了。 于是我又折身拐回来，正对着孙其志一帮人。 孙其志见我回来，一下子愣住了。 我说："孙大头，孙其志，孙助理，你不认识我吗？ 你就是不认识我？
我文英再穷，拉棍要饭也要不到你门前哪！ 别说你当个驴尾
巴巴吊蚂蚁样个小助理，你就是县太爷，就是国务院总理，我
穷是我的，穷气也沾不到你身上哇？！ 狗眼看人低！"

骂完，我反身上车，扬长而去。 孙其志满脸潮红，结结
巴巴地追着喊："文英，文英，你听我说……"

痛快！ 痛快！ 痛快！

车是借洪魁家的，脚刀蹬坏了，修后还了人家。

9 月 15 日

白眼狼。

我是在学校厕所里发现的。 厕所墙坍了一半，还有一
半，能遮住屁股。 就在那爬满绿头苍蝇、能遮住屁股的一小
半土墙上，孩子们书写着"白眼狼、好尿床"的粉笔字。 字
写得不好，枝枝杈杈的，很阳壮。 只不过狼字少了一点，成
了"白眼狼"。

尿完了，眼望着远处那排破旧不堪的校舍，望着操场上
那对歪歪斜斜的篮球架，望着天上那块燠热的白云，听着学
生娃那念经一般的读书声，倏尔，我明白了：白眼狼就是
我，我就是白眼狼。

我眼里有块白斑，是娘胎里带的。 村里人叫得好听些，
说是"棠梨花"。 我左眼里有个"棠梨花"，孩子们就说是
"白眼狼"。

从厕所里走出来，在一排教室的砖墙上，我又看到了粉笔字。教室墙上有很多"大×白眼狼""××白眼狼"的粉笔字……

时光倒回去了，我看见时光一点一点往回倒。我是从三年级开始接这个班的。这个班的前任老师是王明顺。王明顺老师是村长的兄弟，他初小毕业，识字本就不多，给村长言一声，就来教学了。他是拿了他娘的老花镜戴着来给学生上课的。王明顺老师往讲台上一站，很神气地把老花镜架在额头上，"唰唰唰——"在黑板上写下了一道算式，而后又着腰大声问："同学们，4×0 等于几？"座中有学生举手，王明顺老师指头一点："好，你说。"那学生说："老师，$4 \times 0 = 0$。"王明顺老师手一挥："不对，不对！坐下吧。"接着又问："还有谁知道？"再有学生举手，王明顺老师咳嗽一声，再点道："说吧。"那学生说："$4 \times 0 = 4$。"王明顺老师一拍腿："对了嘛！……"我并不想贬低王明顺老师，是校长实在看不下去才让我接这个班的。都上三年级了，班里竟有很多学生不认识被子的"被"字。那时，王钢蛋在班里学习还算好的，我指着黑板上的"被"字让他认，他就不认识，老师没教。我启发他，我说："你家床上是什么？"王钢蛋愣了愣，说："床上是俺娘。"我急了："你娘身上呢？"他竟傻乎乎地说："娘身上是俺爹。"就是这样一个班，我接过来了。我天天给他们补习，讲着新课，补着旧课，尽了最大的努力，我期望着能送出去一个两个。我要求严，我是要求严……

站在讲台上，我不知道该说什么，我无话可说。 我看见老鸹黑压压地从我头顶上飞过去，拉了我一头白屎。 我看见树叶绿了又黄了，树叶是很容易褪色的。 我看见村街里漾溢着猪屎马尿的气味、一片一片的大海碗和机群一样的苍蝇。我看见了婴儿的啼哭，看见了破剪刀"咔咔"剪着脐带，我看见戴着红兜肚的娃儿摇摇地走向田野，手里提着一只瓦罐。 我看见我的乡邻们背着锄下地，又扛着锄回来，一日日背老日头。 我看见在老鼠撒欢的黑夜里，娃们睁大眼睛，默默地看爹娘在床上做那种事情……我想说：同学们，我把心扒出来吧，我把心扒出来给你们看看！

学生们都默默地望着我，像举着一把把鲜艳的黄土。 黄土也会褪色，我知道黄土也会褪色，到那时候就晚了。 孩子们没出过门，学的知识有限，不知道世界是什么样子。 孩子眼里满是惶惑，那惶惑像大水一样朝我漫过来……

这一刻，教室里静极了。 我在黑板上写了"白眼狼"三个字，我说："叫我白眼狼吧，就叫我白眼狼算了。 别用粉笔往墙上写，粉笔涨价了，二分钱一支。"

同学们笑了。

我也笑了。

白眼狼就白眼狼吧。

9 月 18 日

梅来了。

背上热，我知道是梅来了。

我说，别看我，别偷偷看我，我改作业呢。

梅说，谁偷偷看你了，你心不专。

我说，我丑，我不经看，我眼里有"棠梨花"，孩子们都叫我"白眼狼"。

梅笑了，梅笑起来很柔，一点声音也没有。

梅很勤快，来了就扫地。扫了地就坐在床沿上补衣裳。梅不爱多说话，总是我一个人说，她听。

我说，梅，你不嫌我，真不嫌我？我是个穷教书匠，还是民师，一月才四十二块钱。娘的眼瞎了，病恹恹的，常年抱药罐子。这个家，你看看就知道了。听说这些年做生意能发财，我要去做生意也许能多挣些钱，可我喜欢教学。我在县城里上过六年学，初中三年，高中三年，那时候就我一个人考上了县城里的中学。那时候不光"右派"老师郭海峰说我是才子，村里人也都说我是才子。要不是赶上"文化大革命"，我也许能上大学。后来我就回来了，在村里教小学，一教教了十八年。教惯了，不站讲台心里空。你看我胡子拉碴的，其实我才三十八岁，虚岁三十九。不是我不想成家，是没女人愿进这个门。我不埋怨女人，女人也有难处。刚回来时，也有人说媒，人家看看家，看看房子，看看娘，就不说了。我不瞒你，我跟女方见过面，一共见过三个。头一个是大李庄的，有文化，人才也说得过去。见了一次面，换了换"手绢"，人家也没说别的。后来媒人捎话说，能在城里瞅个事做，给她也安上个城市户口，就嫁。她以为我是国家教师呢，可我不是，往下就没法说了。又见一个是扁担杨的，胖些，人也丑些。见面时，娘给她封了五十块见面礼，媒人领她看了看宅子。她说，都是穷人，也不希图啥，看能不能给她兄弟盖所房子，定一门亲，往下就好说了。我没有这么多钱，人也相不中，罢了。再后见一个是坡张村的，叫张秀月，她跟我一个学生同名，就记住了。人长得蛮好，眼大，爽快，笑也甜，就是腿有点瘸，是个跛子。进门来娘先给她打了一碗鸡蛋茶，她看了看，没喝。出了门给媒人说："瞎瞎瘸瘸的，还有个'棠梨花'，这日子怎么过呢？"一跛一跛走了。媒人说，路上她还夸了一句呢，说这家怪干净。往下就没人说了。我也不愿叫人说了。村里人都说我有病，说我神神道道的。其实我没病，我一点病也没有，只是不愿再叫媒人说了。

梅，你烦不烦？你要烦，我就不说了。我独个也惯了，我不怕夜长。我常听蛐蛐叫，夜静时蛐蛐叫得很响，这边一叫，那边就应了，蛐蛐的话真多呀！

梅走到我跟前来了，我听见梅走到我跟前来了，梅就站在我身后。可我不敢扭头，我一看她心里就怦怦乱跳，都是些淫狎的念头。梅脸嫩，我不能吓她。梅说，你心好。可我知道我身上有野气，很野，常常不能自已……对梅，我不能撒野。

梅轻声说，你的褂子烂了，肩上有个三角口。

我说，那是掰玉米时挂的。 掰玉米时我脱了，挂在树上，光着脊梁掰的，脊梁不怕挂。 走时，手一勾，在树上挂烂了。

梅说，我给你缝缝。 你别动，我给你缝缝。

我就不动，闻到了一股棉花样的吹气。

梅说，闭上眼。

我就闭上眼。

梅说，咬根秫秆，秫秆能避邪。

我就咬根秫秆。 梅的手在我背上动着，很软。 线很长，我感觉到线很长，一扯一扯的……

缝完了，梅的手伸了过来，轻轻地伸了过来，梅抱住了我的头。 梅的手很润、很细、很白，带一股淡淡的女人的香气……

梅说，你哭了？

我说，没哭，是风。

好梅。

9 月 23 日

三秋大忙，请假的学生越来越多。 今儿只有七名学生上课，王小丢又没来。

虽然只有七名学生，课还是要讲的。 学生娃子说，算了，老师。 人老少，你回去拾掇玉米吧。 我说，放心吧，同学们，来一个我也讲。

课后，我找了校长。想再说说给王小丢免费的事。上次我给校长讲了，校长说研究研究。这回，校长说："经费老紧哪！"我说："再紧也不在乎这一个孩子的学费呀？"校长说："庄里穷户多，这个免，那个也免，都免了这学还咋办呢？……"

我把王小丢的作业本拿出来了，一本一本掀着给校长看。王小丢的作业本是废烟盒纸钉做的。这孩子有心劲，作业本不向家里要钱买，拾些废烟盒纸自己钉做。一百张废烟盒纸一本，张张都在石块下压过，抻得很平展，钉得也整齐。我说："还有比王小丢家更难的吗？"

校长拿过废烟盒纸做的作业本，一张一张翻着看，嘴里啧啧响着，眼也亮了，说："这孩子成绩不错嘛。"

看着，校长脸上有了光气，校长一下子显得年轻了。我又看到了当年的郭海峰老师，戴"右派"帽子围驼色围巾的郭海峰老师。那时，郭海峰老师脸很白，讲话时脸上总带着激动的红光，还习惯甩一下围巾，甩得很潇洒。我觉得我慢慢缩回到童年里去了。在童年里，年轻的郭海峰老师时常对我说："不要考虑别的，好好学习吧。我喜欢有志气的学生，我给你当人梯。"当年，郭海峰老师给我买过不少作业本……

看着看着，校长眼湿了，像是回忆起了什么，怔怔的。而后，校长慢慢伸出一只手，去挠胳肢窝。挠了两下，就挠了两下，校长停住了。他抬起头，望着远处的田野。

这时候，校长突然说："还有洋烟纸呢。"

我无法理解校长这一瞬间的变化。他看到了什么呢？他就挠了两下胳肢窝，挠胳肢窝的时候仍然激动，似乎还想说一点什么。接着，他脸上的光就暗下来了，一点点暗下来，耷拉着两只灰里泛黄的眼泡，看上去十分苍老。他把烟盒纸做的作业本交给我，干干地说："经费确实紧张。"

我说："他家不想让他上了，是我说给他免的，我已经答应人家了。"

校长沉着脸，不满地说："学校的事，哪能随随便便就答应人家……"

我说："你扣我的工资吧，扣我下个月的工资。"

校长不看我，又用手去搓腿上的灰，搓了两下，说："听说你投稿了？挣了不少钱吧？"

暑假里我写了篇短文，寄给在报社工作的一位高中同学，后来发表了。统共才寄来了五块钱，校长问了几回了。我不想再说，推门走出去了。

中午，在路上碰见了小丢爹，小丢爹正拉玉米呢。我问："小丢呢，咋不来上课？"小丢爹吭吭哧哧说："在地里呢。快掰完了。"我说："晚上让他来，我给他补课。"小丢爹也不吭。

到了晚上，王小丢背着书包来了。人在院里站着，黑黑的一个影儿。那黑影儿吐一口气，叫了声老师，吓我一跳！

知道是王小丢，就说，上屋吧。王小丢悄没声地进了屋，仍然立着。 油灯下，我看见王小丢光着脊梁，身上有一道道玉米叶刮出的血痕，那血痕漫出一股股玉米汁液的涩香，屋子里扑满了玉米汁液的涩香。 我本想给王小丢说说学费的事，可我不敢看这孩子的眼。 不知怎的，就怕看这双眼。 那眼像阳光下的玉米粒儿一样，光很毒……

补完课，王小丢走了，仍是悄没声的。 人走路是应该有声音的，可这孩子走路就是没声儿。

人走了，屋子里仍残留着玉米汁液的香气……

我给梅讲了王小丢的事，梅也说这孩子眼重。

9 月 29 日

今儿是阴历八月十五，我给娘买了块月饼，是个意思。

路过代销点，洪魁家女人招呼说，才拉的月饼，买块吧，给你娘买块吧。 我摸摸很硬，她说是才拉的，就给娘买了一块小的。 月饼涨价了，小的也五毛钱一块。

回到家，我把月饼拿给娘。 我说，娘，今儿是八月十五，我给你买了块月饼。 娘眨着眼说，可十五啦？ 花那钱干啥。 操心成个家吧。 娘说着，接过月饼闻了闻，一掰两半，尝了尝，嘴慢慢磨着，说：冰糖老甜哪。 又举着另一半让我吃，说你尝尝，还有青红丝呢。 我说，我不吃，你吃吧。 娘硬把半块月饼塞到我手里，那瞎了的眼一眨一眨地说：文英，你黑晌跟谁说话呢？ 我说：我没说话，我啥也没说。 娘不吭了，眼像井一样深邃……

回到我住的小屋，我把半个月饼给梅，梅也舍不得吃。月饼就在土桌上放着。

八月十五，月满满的。月饼只有一牙儿。梅看着我，我看着梅……

10 月 1 日

今天是国庆节。

校长说放假十天，让学生们回家拾掇庄稼。

庄稼是养人的，却拖住了学生娃的腿。

10 月 9 日

洪魁他爹死了。头天，他爹还在地里摇耧呢。夜里脱了鞋，就没有再穿。

这是个很值得骄傲的老头。他一辈子生了两个儿子，盖了两所房子，娶了两房媳妇，又生了两个孙子。村里人都说他有福。

乡村里礼数多，葬人也是热闹事儿。洪魁家开着代销点，有钱，点两班响器吹奏。村里人有送缎子被面的，有送太平洋单子的，也有的扯一两丈白布……都是给活人用的。

我一月四十二块钱，一个老娘，二亩半地。除了交土地税、水管费、电管费（电也不经常有哇！）、机耕费、教育费、干部提留费，还要买化肥、农药、薄膜……已所剩无几。 给娘看病抓药又花去不少，亲戚也得串。 实不知该送点什么。

路过代销点，见我的学生王小丢拿了六个鸡蛋，换了两刀烧纸。 知道再穷也逃不过礼数，也赊了两刀烧纸，和我的学生一块去祭。

进了洪魁家，见院子里挂满了"礼数"，红红白白，一派喧闹。 两刀烧纸就显得分外羞涩。 硬着头递上两刀烧纸，洪魁刮我一眼，收下了。 洪魁跟我自小要好，又常借他的自行车骑，两刀烧纸薄了，一时就觉得人情比刀利，欠不得呀。 洪魁接了王小丢的烧纸，说："晌午叫你爹来吃桌！"王小丢自然明白是让他爹来吃丧宴，却不说话，就看着洪魁，洪魁转身忙去了。

人一拨一拨地来，"礼数"都很重。 站在院里碍事，我拉了拉王小丢，说，上屋吧。

屋里却静。 死去的老人在灵床上躺着，头前点着一盏长明灯。 我望着老人，老人成了一张皮，死去的老人成了一张皮。 记得老人的脸红堂堂的，终日在日头下转。 有时背着一捆柴草，有时扛着锄、挎着粪筐，有时在坡上赶牲口……看着老人，就觉得太阳真像一面火鏊子，它在熬人的油呢，用温火一点点熬、一点点熬；那日子就是柴火，柴火一点点续、一点点续，续着续着油熬干了，人就成了一张皮……

忽然想起王小丢跟着我呢，赶紧扭头，怕吓了他。 却见王小丢目不转睛地看着老人，脸上没有一丝恐惧，就默默地看着。 见我扭头，王小丢说："老师，他还笑哩。"

我呆住了。 一个死去的老人怎么会笑呢？ 我怎么就看不出呢？ 老人死得安详，他静静地躺在灵床上，像是睡去了。 他的嘴角上有一丝斜纹，仅仅是有一丝斜纹，那能算是笑，死人的笑？

我突然想逃出屋子。 心说，这孩子怎么就不怕呢？ 他一点也不怕。

出了屋，又看见校长在西屋里忙活。 他一会儿进，一会儿退，一会儿弯腰，一会儿作揖……细看，原来是校长在教洪魁家的女婿们行"二十四叩礼"。 校长一边上三步、下三步做着示范，一边说："不难，不难。"洪魁家的女婿们一个个傻愣愣地看他做。

村里有规矩，埋老丈人新女婿必须行大礼，老女婿教新女婿。 记得十五年前，校长曾为这事作过大难。 那时的郭海峰老师刚结婚没几年，也算是新女婿。 老丈人死了，按规矩新女婿必须行大礼。 可郭海峰老师坚决不做，他说他不会，让他学他嫌丢人。 于是女人又哭又闹，说我爹把我的身子都给你了，你是"右派"我爹不嫌你是"右派"，他死了你连个礼都不行？！ ……缠得郭海峰老师没有办法，又想想老支书生前待他不错，只好推托说，不是不做，我戴着"帽子"呢，怕人家找事。 女人说，我爹是支书，老党员，他死了，给他行个礼，谁敢找事儿？！ 郭海峰老师再没有借口了，就说，反正我不跟人家学，你要会你教我吧。 女人这才擦擦泪说，难的我也不会，就行个简单的吧，行个"九叩礼"。 好人，"转灵"时你替我撑住这个脸，来日我给你当牛做马。 于是，郭海峰老师就在床前头跟女人学"九叩礼"。 学也没学会，第二天"转灵"时就上去了。 一村人都看这文静的"右派"老师行大礼，看得他心慌。 他一上去把什么都忘了，拿着一炷香，跌跌撞撞的，该下跪时他傻站着，该进的时候他退，狼狈极了……看得村人们哈哈大笑。他下来时，掉了两眼泪。

十五年过去了，校长成老女婿了。 想不到校长居然学会了"二十四叩礼"！ 时光真能磨人哪。 这会儿，校长又在教新女婿了……

我怕王小丢看见，赶紧把他拉走了。 这孩子太灵。

10 月 13 日

世人皆有嗜好，我不吸烟，不喝酒，独喜欢闻粉笔的气味。

说来招人笑，粉笔就是我的烟卷。 当教师，粉笔握了十八年，握出情分来了，一日不闻，便觉浑身乏力。 世人不知，粉笔也是有味的，味辣。 那辣不同于辣椒，也不同于芥末，而是有一点点辣，有一点点呛，有一点点甜，间或还能嗅到一点点生红薯的味，是在窖里藏了很久的那种红薯味。总之，是一种很特别的叫人说不出的味。 感冒的时候，拿根粉笔放鼻子前闻一闻，立时四体通泰。

　　说实话，我喜欢粉笔已经到了发痴的地步。　有时候，我觉得我是得了"粉笔病"，我一定是得了"粉笔病"了。　我只要一捏住粉笔，就会浑身发颤，就会涌出一股无名的激动。　粉笔凉凉、涩涩、滑滑，哎呀，那时候我的心就在指头肚儿上绷着，去吮那凉凉、涩涩、滑滑……真舒服啊！　有一次，我忍不住把一锭粉笔吃下去了。　我也不知道是怎么回事，就把一锭粉笔吃下去了。　我吃了那锭粉笔之后恶心了很长时间，有好一段身子不颤了。　但后来又不行了，我控制不住自己……

　　我还有个很不好的癖好，喜欢用粉笔头"点"学生。　只要一看见学生在课堂上打瞌睡，我就用粉笔头"点"他。　我"点"得很准，一下子就砸在学生的脑门上了！　这不好，我知道这不好。

　　今天我把王聚财"点"哭了。　王聚财在课堂上打瞌睡，还打呼噜。　隔着六排桌子，粉笔头飞出去正砸在他的光头上。　我一共"点"了两次。　头一次他没醒，第二次我用了点力，粉笔头又砸在他的光头上了，砸了他两眼泪……

　　课后我才知道，王聚财夜里去公路上卖鸡蛋了。　他爹是个精明人，听说六里外的公路上堵了车，就赶快煮了些鸡蛋让儿子去卖。　王聚财扤着盛鸡蛋的篮子在公路上跑了一夜，他怎能不瞌睡呢？

　　王聚财是个老实、听话的孩子，很软弱。　我不该用粉笔头"点"他。　我觉得对不起孩子。

回家后，我给梅说了这事儿。我说，梅，你看我得了"粉笔病"了，我怎么就改不了呢？今天我又把学生"点"哭了。你帮帮我，帮我改了这毛病……

梅笑笑，梅不说话。我知道梅想说什么，梅想说，你真是个"白眼狼"！

10 月 19 日

我是个很没用的人。有时候，我觉得我一点用处也没有。我是个教师，十八年来，我都给了孩子什么呢？我又能给孩子什么呢？

水旺回来了。水旺十年前是我的学生，是个很好的学生。那时，论成绩，水旺完全可以考上县城中学。可那会儿时兴的是"推荐"。我怕"推荐"不上，可惜了这块材料，就找了郭海峰老师，让他去县教育局跑一趟，介绍介绍水旺的学习情况。郭老师去了，回来后对水旺爹说：县上说了，一村一个，这事儿村支部当家。跑跑吧。我也希望水旺能去县里上学，着急地说：二叔，水旺灵，是块大材料。要考试，准能考上。如今兴"推荐"，那就难说了……水旺爹听说孩子天分好，就跑着买点心往支书家送。谁料，水旺性烈，一听说要往支书家送礼，当场把点心匣子摔了！点心是花了两块钱买的，他爹心疼东西，拿起棍子就打，水旺一气之下跑了……

现在，水旺回来了，穿得周周正正的，人高马大，也算是衣锦还乡。 可这孩子，一个很有前途的孩子，却当了"钳工"（小偷）。

水旺回村，还专门来看了我。 他说："老师，我对谁都没说实话，在爹娘、兄弟面前都没说实话。 对您，我得说实话……"他说他跑出去十年，先是流浪，万般无奈，后来就做了"钳工"。

我看出来了，他眼黑着。 他穿得周正，眼却黑着……

十年流浪，偷儿也是有情分的呀！ 水旺从兜里掏出一百块钱放在土桌上，说："老师，这是学生的一点心意。"

我说："你拿走，赶紧拿走！"

水旺眼里含着泪说："老师，你嫌钱脏？"

我很冷淡，转过脸不看他。

水旺默默地把钱收起来了。 他哆嗦着手说："老师，学生对不起你。 学生也后悔……老师一生清贫，我不能脏了老师。"

听了这话，我心如刀绞。 我说："水旺，你聪明，干什么都行，去学一门手艺吧。 别干这了，这是邪路呀！"

水旺摇摇头，说："老师，十年了，我改不了了。"

我苦苦地劝说："水旺，你听老师一句话，别干了，别再干了！ 你要是我的学生，就洗手吧……"

水旺伸出一只手，说："老师，我也想改。 我剁过一个指头……"

我一拍桌子说："那你滚吧，滚出去！ 你不是我的学生，也永远别来踩我的门！"

往下，水旺默然，我也默然，还能说什么呢？

临走时，水旺回过头，望了我一眼。 我流泪了，我说："水旺，老师再问你一句，你真的就改不了了？ 你真的不能改吗？！"

水旺也流着泪说："老师，你要我下个保证吗？ 下个保证容易。 可我……"

出了门，水旺又回过头来，说："老师，你放心，我不在本县做活儿，不给你和乡人丢脸。"

天哪，我多希望水旺能回头啊！ 可他走了，还是走了。我心里叫着水旺水旺水旺……真想放声大哭！ 哭我，也哭我的学生。

我愧呀！ 为人师表，不能让该成材的成材，我愧。 卖唾沫十八载，不能劝人改恶从善，我愧。 俗话说，学生是老师的品行。 学生做了偷儿，我还有什么品行？

10 月 25 日

今天跟校长吵了一架。

说起来事儿很小，为一个篮球。

学校经费紧张，买不起别的运动器械，只有两个篮球。篮球一直在校长屋里锁着，上体育课的时候才让拿出来拍两下，过后又锁起来了。 学生们都想玩玩，他老锁着。

下午放学的时候，几个学生想打篮球，就围在教室门口撺掇我："王老师，打篮球吧？"看孩子们想打，我就说："好，打吧。"于是我就去找校长。校长不在屋，门正好没锁，我就把篮球抱出来了。

不一会儿，校长回来了。看见我和学生们在操场上打篮球，就直钉钉地在办公室门前站着，脸黑风风的，一言不发……

等我去还篮球的时候，校长大发脾气，手指着我说："你、你……太不像话了！"

我也气了，回道："咋不像话？一个破篮球，宝贝似的，买回来不就是让打的？！"

校长气得两眼鼓鼓的，口吐白沫，嘴哆哆嗦嗦，好半天说不出话来。待他缓过气的时候，竟骂起来了："我我我……日你娘！"

我愣住了。我没想到校长会骂人！校长过去教过我，一直是我尊敬的老师。在我眼里，校长是很文气的。虽然他娶了个乡下女人，生了一堆娃儿，偶尔也逮逮虱子，可他骨子里是文气的。他是从城里到王村来的第一个国家教师。他来时，村里引起了多大的轰动呀！那时，他总围着一条驼色围巾，走路文文静静的，说话也文文气气的，连甩围巾的动作都显得极有风度。他早上起来刷牙的时候，一村人都围着看，说："看那白镜子，看那白镜子，多讲究，还倒白沫呢！……"

许多年过去了，为一个篮球，校长竟突然喊出了一句庄稼稞儿里的骂人话：日他娘！

我不知道我当时说了些什么，也许什么也没说。就看着他，一直盯着他看……

傍晚，喝汤的时候，校长女人找上门来了。她一只脚门里，一只脚门外，风风火火的。手里端着个盆子，还沾了两手面，气冲冲地问："文英，你跟你姑父吵架了？"

没等我说话，她一蹿一蹿地拍着杆子腿说："你姑父好赖是校长哩，你当着你猫猫些人㞱他，叫他还咋领人哩？嗯？！你姑父那些年戴个"右派"帽子，猫一会儿狗一会儿受人欺负。这会儿平反了，谁欺负俺也不中！这会儿你姑父气得躺床上了，饭也不吃……"

我无话可说。她的辈分高，在村里串着称呼，串来串去我该叫她一声姑，于是校长就成了"姑父"。

这是个好女人，我知道这是个好女人。她从十七岁嫁给郭海峰老师，一拉溜生了三个娃，现在已成了这个样子了。她年轻时叫桂花，很是秀气。她跟郭老师是老支书定的媒。老支书对"右派"老师郭海峰说："你学问高，好好教娃识字吧，我给你安个家。"那时候桂花跟我是同班同学，老支书言一声，就把女儿嫁给郭老师了。那时候桂花很喜欢比她大十多岁的郭海峰老师，尤其喜欢他那围着驼色围巾的样子，常常偷看他，看得郭老师脸红。二十多年过去了，没人再叫她桂花了，桂花的颜色已经褪尽，人们早就把她的名字忘了，都叫她校长女人。

　　说句公道话，在村里，没人敢欺负郭海峰老师。纵然是戴着"右派"帽子的时候，也没人敢欺负他。他是老支书的女婿，又是孩子们的先生，人们是很尊重的。后来老支书下世了，有这位辣女子护着，仍没人敢欺负他。在漫长的日子里，她对郭老师是体贴的。无论多么困难，她每天都要给郭老师打两个荷包蛋。有时鸡不下蛋，她就跑出去借，村里人都知道郭老师一天吃两个荷包蛋。当然，生娃多了，日子紧巴，家里地里就她一个能干，也免不了磕磕碰碰的。有时，她会把郭老师骂得狗血淋头！却不容许别人说郭老师一个"不"字，只要听说有人说郭老师什么了，她就会骂上门来……

　　校长女人脸上灰一块、黄一块的，满是鸡爪皱儿。说话像刀子一样，恶狠狠的。可她心是好的。我说："咋说也是老师呢，我没和他吵。为一个篮球……"

　　校长女人说："我不管啥球，你饯他我就不依你！"接着她突然低下声来："你姑父上岁数了，脾气有点怪，你别跟他一样。你听他的，他是校长哩。"说着，声儿又低了，说："文英，你替我看住点，别让那媚狐子把你姑父的魂儿勾去了。那城里的浪女人真不是东西，见天来找他……"

　　我赶忙解释说："就来了一回，是看校长的……"

　　校长女人说："一回？一回也不中。保不定还来二回呢。你猜你姑父前些时在屋里倒腾着找啥呢？你猜猜？他找那条驼色围巾呢！你看看，多少年了，那烂脏围巾我早撕撕给小孩当尿布了，他还找呢。 你替我看住点……"

校长女人走了。 我站在院子里，想想，心里竟酸酸的。

校长没有驼色围巾了，校长的围巾当了小孩尿布。

11 月 1 日

又到发工资的时候了。

我去会计那里领钱，会计说，这个月的工资已经扣了，替王小丢交了学费。

他果真扣了。 校长有这个权力，我知道校长有这个权力。 我无话说，扣就扣吧。

在我的印象里，校长是爱才的，校长不是抠咬人。 可是……

下午，交作业的时候，王小丢走到我跟前，低着头说："老师，那钱，我将来会还你。"

我说："学费是学校给你免的，你别管了，好好学习吧。"

王小丢抬头看了我一眼，重复说："我还你。"

这是个很有出息的孩子。

11 月 6 日

梅跟我藏猫猫呢。 她躲在门后头，叫我："文英。"我扑到门后，却不见人。 又听见在窗外叫："文英，文英。"走出屋门，又不见人。 找来找去，一回头，见梅在床头立着呢。

梅说："怎么就黑着脸呢？"

我心里的话只有给梅说。 我说："梅，我没钱给娘抓药了。"

梅说："穷是穷，也不能黑着脸呢。"

梅笑了。

我也笑了。

梅说："去借吧。 有借有还，借钱不丢人。"

我说："梅，门里门外我转了几趟了，不好意思借，张嘴难哪……"

既然梅说了，就去借。

梅是我的胆哪！

11 月 14 日

夜里浇地。

夜静了，独自一人在田里浇地，清爽是极清爽，只是小咬叮腿。 远处有鬼火顽皮，孩儿一样，一时东，一时西，那真是死后的魂灵在打着灯笼走夜路吗？

夜浓似墨，人情却薄如纸。

十天前捏的蛋儿，蛋儿上写的是第一名，浇着浇着却名落孙山。 我后边还有王小丢家。 小丢爹骂了，我为人师表，不好去骂。 说来，电工春旺还是我的学生呢。 人很精明，知道如何"混"人。 最先浇的是支书家；挨着是村长家；开代销点的洪魁家排第三；第四家是村会计；第五家是计划生育专干；第六家是乡烟站的合同工；第七家是乡粮所做饭的麦囤；第八家是赤脚医生来喜；第九家是泼皮王三……第十四家才轮到他自己（也真难为他了）。 三十家后才轮到亲戚，四十家后是近门，五十家后是友邻……人眼是秤哇！ 倘我辈，实属清风朗月不用一钱买的人，排在最后又何妨呢？

电工春旺虽说是我的学生，我又能给他什么呢？ 满打满算才小学毕业。 他也有难处哇。 电工是支书、村长让干的，不先浇他们的地，又该浇哪家呢？

不能怪春旺。 他和他弟弟水旺相比，总算是走了一条正路。 乡村的初级教育，实在是很有限。 孩子们识些字，大都就烙馍卷吃了。 唉……

11 月 17 日

中午吃饭，见小丢爹在村长家门口蹲着；傍晚回家，又见小丢爹在电工春旺家门口蹩。

原来村长在春旺家喝酒呢。 一伙人出来时，小丢爹上前拦住说："村长，我那地才浇了尿一会儿，刚湿住地皮，就停电了。 一停几天。 叫春旺给复复水吧？"村长剔着牙，笑着骂道："屌货！"春旺也笑骂道："屌货！ 就你那事儿多。"小丢爹笑着求道："复复水吧，才浇了尿一会儿。 复复水吧……"村长不应，村长伸手朝小丢爹头上捋了一下，说:"屌货!"几个人也上去捋小丢爹的头,这个捋一下,那个捋一下……小丢爹笑着,转着圈儿给人说好话,人们就转着圈捋他的头,捋得他身子一趔趄一趔趄的,却还是笑,转着圈儿给人递烟吸。 村长说:"不吸,不吸。"春旺也说:"不吸,不吸。"村长的手晃晃的,醉眼乜斜着,一下子就把小丢爹递到眼前的烟打掉了,说:"屌哩,浇吧。"小丢爹喜喜地说:"中,我可浇了。"待干部们走后,小丢爹忙又把掉在地上的烟捡起来,那烟被踩扁了,他放在嘴边吹了吹,自己点上吸了……

我感到惊讶的不是这些,是王小丢。

那时候王小丢就在粪堆上蹲着,看着他爹给村干部们敬烟,看着干部们捋他爹的头……已是傍晚了,西天里残烧着一片红染。 夕阳的霞光照在王小丢的脸上,照出了一片黧黑的宁静。 那是怎样的宁静啊! 脚下是粪土,头上盘旋着一片一片的蚊虫,夕阳的斜晖洒一片暗红色的亮光,他就在亮光里蜷着,像小石碌一样蜷着,黑黑的脸儿上没有一点表情。 那蹲相极为生动,叫人无法想象的生动。 他两手捧着小脸,人像烟化了似的,独一双眼睛亮着,眼睛里燃烧着与年龄极不相称的思考的亮光。 那亮光上仿佛爬着许多螫人的蚂蚁;又仿佛是一根井绳,从深井里往外掏的井绳,拧着一股一股的光。 那光远远地扯出去,咬住夕阳的霞辉,不动……

我说不清楚,我说不清楚我看到了什么。 他才是一个孩子,一个十三四岁的孩子……

后来，他爹吸着烟走了，王小丢仍在粪堆上蹲着……我走上前去，轻声说："小丢，回家吧。"

许久，王小丢喉咙里咕噜了一声，慢慢仰起脸，漠然地望着我。倏尔，他的脸变了，脸上挣出一片惨然的笑，他笑着说："没啥。老师，我玩呢，我在这儿玩呢。"

那笑一下子扎到我心里去了！我站着，很想给他说一点什么，可我不知道说什么好。

王小丢仍笑着说："老师，你回家呢？"

我不敢再看这孩子了，我觉得这孩子是顶着磨盘跟我说话呢。他用全身的气力撑住那笑，就像顶着一架磨……我赶紧走了，我说："嗯，我回家哩。"

走着，我的脚像踩在我的心上，高一步低一步。我叮嘱自己：别回头，别回头看他……

这天夜里，我做了一个梦。我梦见粪堆上长出了一双眼睛。后来我又梦见了许许多多的眼睛，有的长在古老瓦屋的兽头上；有的长在拴牛的木桩上；有的长在磨盘的磨眼儿里；有的长在熏黑的屋梁上；有的长在掉光了树叶的树杈上；有的长在坟头上的蒿草里；有的长在袅袅的炊烟里；有的长在场边的石磙上；有的长在祖先的牌位上……梦醒之后，我出了一身冷汗。

11 月 25 日

想不到，孙其志到学校来了。

孙大头一见面就说:"老同学,我是来负荆请罪的,我给你赔礼来了。 那天是我有眼无珠,你骂得好哇,骂得好!"

这番话说得我挺不好意思,忙说:"你这家伙,哪阵风把你吹来了?"

孙大头说:"早就想来看你,一直抽不出空来。 就你说那,当着驴尾巴吊蚂蚁样个小助理,穷忙。 今儿闲了,来看看老同学,让老同学好好日骂日骂。"

我笑了。 事儿已过去,我不好再说什么了。

孙大头又说:"那天,你走后,我一晚上都没睡着觉。想想,我真不是个人! 老同学见了面,咋能连句话都不说呢? 实说吧,文英,我装作没看见,是怕你找我办事儿。我当个屁助理,没职没权的,啥事儿也办不成。 可亲戚朋友们都来找我,这个让我买化肥呢,那个让我批救济呢,还有托我贷款的,想多生个娃儿的⋯⋯弄得我头蒙。 我就跟狗似的,不光躲你,见人就躲。 唉,不说了。 文英,还记得咱们在县城上中学时候的事吗? 那时你住下铺,我睡上铺,我夜惊时尿床,尿水从上铺流到下铺上,流了你一身。 第二天咱俩一块出去晒被子,同学们都笑话咱,你也不解释⋯⋯文英,你仁义呀!"

听了其志的话,我更觉得不好意思。 是人都有难处,其志也有他的难处。 他虽然变油滑了,对老同学还不失真诚。我说:"算了,其志,你别说了,我知道你也不容易。"

孙大头拍着脑袋说:"我差点忘了。 老同学,我这次来,一是见见面,给老同学赔礼;二是向老同学辞行;三嘛,是想给老同学办件好事……"他话说到这里,不说了,看着我。

我问:"怎么,调动工作了?"

他皱着眉头,却仍藏不住脸上的喜色。 那喜色从眼角处一丝儿一丝儿地往外溢,一时像喝了酒似的,醉醉的。 他摆着手说:"不算啥,其实不算啥。 我调县上了,闹个'计生办'的头儿。 当了多年孙子,咳,才闹个'计生办'的头儿……"接着,他说:"老同学,别在这哄娃子,还是屌民师,没啥干头。 这会儿乡政府缺个笔杆子,我给乡长说好了,让你去。 先干着合同工,待有机会我让他们给你转个正式的,说不定将来还能弄个乡秘书干干。 这样,我也算是对得起老同学了。 你看咋样?"

我明白了。 那时我骂他是"驴尾巴吊蚂蚁样个小助理",现在他高升了,当上了县计划生育办公室的头儿,一高兴就想起老同学来了。 他来看我,虽带几分夸耀,但毕竟是真心的。 我说:"其志,谢谢你的好意,我哪儿也不去,我教书教惯了,别的干不了。"

孙大头愣了,他没想到我会拒绝。 他说:"文英,你再考虑考虑,机会难得呀……"

我说:"其志,你说那事儿好是好,可我喜欢教学。 我也不瞒你,当民师是穷,一月挣不了几个钱,可我惯了,一天不站讲台心里空。 再说，我家还有个老娘呢，娘身体不好，是个药罐子……"

孙大头呕呕嘴嘴说："文英呀文英，叫我咋说你呢？ 我大老远跑来，张风喝冷的，想为老同学办件事儿。 你知道我作了多大难哪！"

孙其志的确是好意。 我心里说，不教吧，就不教吧？可我送的是毕业班哪……

往下，他看我执意不肯，就说："你要真不去算啦。 以前有对不住老同学的地方，你多包涵。 以后有啥事儿你尽管到县上找我，我再躲我就不是人！"

正说着话，校长推门进来了，一进门就热情地说："听说孙助理来了？ 孙助理，你可是稀客呀，难得！"说着，上去抓住孙大头的手，又是点头又是哈腰。

孙大头是场面上的人，连忙站起来，笑着说："郭校长，你好你好。 坐吧，坐。"

校长赶忙按住孙大头，亲热地说："哎呀，你是上边来的人，你坐，你坐。"

办公室里只有两把椅子，我只好站起来让校长坐。 校长竟然不坐，仍哈腰站着。 待我介绍了孙大头的情况之后，校长又一次上去握住孙大头的手说："哟嗨！ 孙主任，孙主任，你多指导，多指导……"说着，校长的身子像没地方放了似的，搓着手说，"你看，县上领导来了，咱学校穷，连碗茶也没有。 要不，上家吧，上我家……"

我替校长难受。 我说："校长，你坐吧，坐下说。"校长这才小心翼翼地坐了，仍欠着半个屁股，脸朝着孙大头笑……

连孙大头都看不下去了。 临走时，孙大头悄悄对我说："恁校长咋这样儿？"我赶忙解释说："他是我的老师，过去可不是这样的……"

校长不觉，校长仍一口一个"县上领导"地叫着，一直把孙大头送了很远很远。

12 月 2 日

天冷了，树叶落了。

我原以为是风把树叶撕下来了，风把树叶一片片撕下来，树就光了。

其实不是的。 是树叶自己落下来了。 在没有风的日子里，树叶也一片一片往下掉。 树叶绿的时候很柔软，很韧，而后一日日褪色了，黄了，干枯了，就落在地上。 泥土里生出来的东西，又化进了泥土，没有声音。

太阳落了，可以再升起来。 树叶落了，就再也不会升起来了。

我病了，发高烧，走路晃晃的，身上一点力也没有。 人在发烧的时候，就会产生奇怪的念头：我看见落地的树叶又一片片飞起来，打着旋儿飞起来，每片树叶上都长着一双眼睛，金光闪闪的眼睛，长着眼睛的树叶又重新飞回到树上，一片片绿，一片片绿……

12 月 3 日

早上起来，头重脚轻。

娘扶着门框说："文英，歇一天吧。病成这样，咋就不知道惜乎身子呢？"

我说："娘啊，咱不比人家呀。咱是扛长工哩，使了学校的钱，就得痴心干。我送的是毕业班，耽误不得。"

娘不吭了，就摸摸索索地去灶屋做饭。娘眼瞎，原以为老人家不分昼夜，却也早早地起来了。娘也苦哇……

傍晚回来，在讲台上撑着站了一天，浑身酸疼，不想吃饭，就一头倒在床上睡了。

恍惚间，觉得有只手贴在额头上，那手凉凉的、软软的，很轻很轻地动。睁眼一看，梅在床前站着。

梅哭了，梅流着泪说："文英，看你烧哩跟火炭样，咋不去看看呢？"

我说："不碍事，睡一觉就好了。一时半会儿还死不了。"

梅瞋我一眼，说："净说傻话。"

而后梅轻轻地把我扶起来，梅说："起来吧，起来喝碗酸汤面叶儿发发汗……"

我扭头一看，土桌上果然放着一碗热气腾腾的酸汤面叶儿。 真香啊！ 那是梅亲手给我擀的酸汤面叶儿。 面叶儿薄薄的、宽宽的，上边漂着一层油花儿……我馋酸汤面叶儿，我从小就馋酸汤面叶儿。 小时候我一有病，娘就给我擀酸汤面叶儿喝。 后来娘的眼瞎了，我再没喝过酸汤面叶儿。

世间还有比这更好的享受吗？ 梅喂我喝酸汤面叶儿。梅一口一口地喂，我一口一口地喝……那酸汤面叶儿真好喝呀！ 辣辣的，酸酸的，滋溜、滋溜，喝了我通身汗。

喝了酸汤面叶儿，梅又扶我躺下来，给我掖好被子。 我看着梅，梅真好，真漂亮，真贤惠……

我看得梅有点不好意思了。 梅说："睡吧，文英。 睡一觉发发汗，兴许就好了。"

我听梅的话，我闭上眼。 可我还有点不甘心，就悄悄地把手伸出来，抓住了梅的手……

梅一直在我的床前坐着，我就这样抓着梅的手睡去了。在睡梦里我飘起来了，我很轻很轻，梅一拽我就飘起来了。我和梅手拉手在海子里游，海子里水竟是热的，小鱼儿一跳一跳地咬我，咬得我浑身发痒……

12 月 4 日

今天好些了，头不晕了，只是嘴里有股粉笔味。

我吃粉笔了？ 记不清……

也许是又吃了一锭粉笔。

12 月 9 日

又见小丢爹在村长家门前蹲着。 问了，他说是来要押金的。

去年，村里干部们兴了一个新规矩，盖房时需交二百元押金，以防盖房的农家不守规矩乱盖。 钱是必须交的，不交不让盖。 说是房盖起退押金，却没人能要回来，多是被村干部们吃去了。 小丢爹急着用钱，就在村长门前死蹲。

有些事很难说。 这是个老实得有点窝囊的人，村里人都叫他"王缺火"。 他一年四季都在地里忙，早上早早就起来了，天昏黑才回家。 收成呢，却总不见好。 老是欠着人家一点什么，欠久了，就做不起人，日子也过得窘迫。 常常小偷样，手总是袖着，脸儿苦苦的，很茫然。 有时也笑，见了穿制服的就笑，笑也很吃力；有时也骂，日天日地地骂，骂得很无趣。 被村人捉弄的时候，却又不敢恼……

可是，你看，他却生了一个精灵一样的儿子。 他吃过什么好的吗？ 那定然是没有的，无非是五谷杂粮。 教育呢，也谈不上。 他不识几个字，整日里一张苦脸……那么，王小丢的禀赋又来自何处呢？ 那一双灵动的会说话的很毒的眼睛是得了怎样的孕化呢？ 难道是这一张苦苦的脸吗？ 这张脸被四时的风霜雨雪打磨过，被庄稼的汁液浸染过，被粪土熏过、蚊子咬过、苍蝇爬过；被一日日的阳光晒过、烤过、蒸过；又一日日在汗水和愁苦里泡，有着说不清的茫然和卑贱……就是这些？ 不，不会的。

那又是什么呢?

12 月 15 日

今天上作文课。

我给学生们布置了一篇作文,题目是"我的理想"。

同学们喊喊喳喳,雀儿似的,都说不知道写什么。 我也怕学生们胡编,想做些引导,就让学生们各自说说自己的理想。

教室里一下子就静了,学生们一个个冷雀儿似的,你看我,我看你,谁也不吭。 过了一会儿,王钢蛋举手了,我让他说,他说:"老师,我想尿。"就让他去尿。 尿回来,他说:"老师,叫说实话?"

我说:"说实话,都说实话。 我小的时候……"

教室里有些动静了,仍没人发言。 我开始点名了,我点着名让学生们一个个发言……

王聚财吞吞吐吐地说:"我、我……想去粮所看磅。 我要是能去粮所当个看磅的合同工,俺家交粮就不用排队了,打的等级也高……"

王钢蛋说:"我想当村长! 当村长能管人。 俺爹说,当村长还能承包村里的砖窑,挣钱海着哪……"

有的说,毕业后想学木匠手艺……

还有的说,他想当电工,当电工管电还管水……

轮到王小丢，他站起来愣了好一会儿，才说："豌豆偷树①。"

听他这样说，同学们都笑了。见人笑，王小丢坐下了，默默的。

当时，我期望孩子们有崇高的目标，有更为远大的理想，就滔滔不绝地在课堂上讲了一通。课后又惘然。孩子们又知道些什么呢？从小生在村里，长在村里，天仅一隅，地只一方，接触的都是村里的人和事，很少出远门。天阴了又晴了，庄稼绿了又黄了，日影儿缓缓西移，夜总是很黑，老人们日日说的盼的是生一个娃子、盖一所房子、娶一房媳妇、再生一个娃子……

有时候，我觉得天像锅盖一样。我真想把这锅盖儿掀了。我要有能力，就把这锅盖儿掀了！而后把我的心挖出来，切成一份一份的，团成药丸，让孩子们吃了，孩子们吃了"药丸"就能飞出去了，让孩子们飞出去看看，然后再来写"我的理想"……

豌豆偷树？

12 月 19 日

今日见小丢爹仍跟在村长身后求告，还是要那二百块押金。小丢爹哼唧着说："房早盖起了。说是要退钱，咋就不

_____

① "豌豆偷树"，布谷鸟的叫声。

给呢？"

村长不耐烦地说："村里没钱，等有了钱再说。还得研究哩，又不是你一户！"

小丢爹缠着说："有急有不急，我急用呢。早说要给，咋就不给呢……"

村长气了，说："屁哩！你告我吧，你去告我吧！屎二百块钱，天天要狗肉账样……"

小丢爹赔笑说："你看，我也没说啥。你急啥，你别急……"

村长日骂道："咋哩？你那头老圆，就你那头圆？！呔是……"

小丢爹不敢再吭了，只赔着脸笑。村长骂骂咧咧地走了。

小丢爹站着愣了一会儿，看看四下无人，对着日头骂起来："我日你娘日你娘日你娘！"

我站在院墙里看着，心里很不是滋味。

12 月 27 日

娘说，文英，村长家老二阴历二十办事呢，咱出多少哇？我说，咱不出，还得给你抓药呢。娘，多少也得出点呀，一个庄住着，人家又是村长哩。我说，咱不出。

谁料，下午娘就把钱交上了。娘说，你三嫂来撺掇我呢，人家也是一片好意。你三嫂说，村长儿结婚呢，别人家早送去了，我来给你提个醒儿，再晚人家就不收了。 我说，你看俺文英也不在家，俺出五块吧。 你三嫂撇撇嘴说，五块，这年月你只出五块？ 是村长家儿办事呢！ 我来撺掇撺掇你，咱两家合个份子，你只出五块？！ 我问，你说出多少？ 你三嫂说，俺也不宽余，多了掏不起，你家十块，俺家十块，凑钱买个大号太平洋单子，也算拿出门了……

我埋怨娘，我说，这钱留着给你抓药呢，咋说一声就给人家了？ 我说不出就不出，咱不巴结他。

娘说，文英，娘老了，净拖累你。 娘就这样了，不吃药也能熬。 礼情上的事儿咱不能缺。 再说人家是村长哩，一村人都送了，咱不送，人家不知会咋想呢。 你三嫂去了，回来还后悔呢，说老少老少，寡寡一个单子，拿不出门。 人家都送的礼重，可势海啦！ ……我给你三嫂说了，叫写上你的名儿，王文英。

望着娘的一双瞎眼，到了嘴边的话又咽回去了。 礼已送了，还说什么呢！ 我只感到耻辱，深深的耻辱，为王文英感到耻辱！ 我看见我的名字写在红纸上，挂在太平洋单子上……

12 月 30 日

明日村长二儿保国结婚。 因客人多，宴席摆在学校。校长让放假一天，说顶住元旦。

午后，有一干人在校园里垒墩子火。 村长儿结婚，帮忙的人多，拉砖的、和泥的、垒火的都抢着干，一拉溜儿垒了八个！下课时，孩子们全都围着看，影响很不好。校长在一旁赶学生，说："回去，都回去。垒个火，有啥看的？！"

我问校长："为啥在学校办席？弄得学生不安心上课。"

校长说："村长家办喜事，客人多，家里摆不开。再说，谁家不办个事呢……"说着，他翻眼看看我，"你不也送了一份礼吗？太平洋单子，账还是我登的。"

我看着校长的手，校长的手黑污污的，沾了许多墨汁。这几天校长一直很忙，忙得像账房先生一样。白日里他忙着给村长家写"喜帖"，晚上又要去村长家给送贺礼的记账……

郭海峰老师的手很白，那时候，郭老师的手很白。记得那年秋天，年轻的郭老师对我说："去散散步吧。"那时候我还不知道什么是散步，散步是城里人说的，后来我明白了，就是走一走。于是我跟着郭老师走，一走就走进柿林里去了。已是深秋了，柿叶一片片落在地上，地上铺着一层殷红。我和郭老师踩着一地落叶往前走，踩出一片簌簌声。走着走着，郭老师站住了，他弯腰从地上捡起一片柿叶，端详良久，说："听，树叶在歌唱呢。"我快步走到他跟前，侧耳细听。他伸着白白的手，手上端着那片金红的柿叶，说："听到了吗？你听……"我听了很久，什么也没听到。偶尔有风刮过，响起一阵"沙沙"声，过后就什么也没有了。这时，郭老师笑了。 他抬起头来，用力地甩了一下围在脖里的驼色围巾，两眼望着远处的村庄，傲然地说："你听不见。这里没人能听见。 只有我能听见……"他默默地走了几步，回过头说："我会让你听见的。 会让村里的孩子们都听见……"

许多年过去了，我一直记着那个金色的秋天，记住了那只托着一片树叶的白手，记着郭老师许下的诺言。 那时候，年轻的郭老师能听见树叶的歌唱，是他把我送进县城中学读书的。 在县城的中学里，知识使我顿悟。 我渐渐明白了，那树叶的歌唱是来自上天和心灵的共颤，是一种崇高的感觉，是天籁……

我很想问问校长，问他还记不记得那个秋天了。 校长肯定不记得了，校长把秋天就烙馍卷吃了。 校长夸耀说："账是我登的，帖也是我写的，少说得五十桌！ 一桌十人吧，五百人也打不住，家里咋摆得下呢？"

傍晚，"请帖"送来了，果然是校长的字墨。 堂堂校长，竟去为村长儿的婚事登账……

我决意不去。

12 月 31 日

王小丢闯祸了。

上午十点左右，我正在家里修补院墙，忽听鞭炮齐鸣，响器呜里哇啦吹奏，人像跑马似的拥出来，喊着："新媳妇来了！ 新媳妇来了……"紧接着，一拉溜十几辆车"日日"开进村来。 前边是摩托，跟着是卧车，卧车后面是卡车……嫁妆真多呀！ 一时村街里花红柳绿，摆满了颜色。 村人们像过年似的来回跑着看，眼都看花了。 连瞎眼的娘都坐不住了，说：咋恁热闹呢？ 叫我看看，叫我去看看……

过了有一顿饭的工夫，我才知道，王小丢闯祸了。

正当村长家贺客云集，新郎新娘欢天喜地地拜天地的时候，王小丢悄没声地背一根绳子来到了村长家门前。 人乱麻麻的，没人注意他。 待发现时，他已把绳套套在了脖子上，要吊死在村长门前！

村长家门前有棵老槐树，他爬到了槐树上，人们还以为他看热闹哪，他已经绑好绳子了……

人们慌了，急唤村长。 村长出门，撞一双黑亮眼睛，笑便冻在脸上了。 王小丢吐一口气，平缓地说："还我爹二百押金。"

树下围了很多人看，都说这孩子可恶！ 扬言要揍他，村长拦住了。 村长何等精明，看看客人都到了，还有许多县上、乡里的干部……村长脸上的肉颤颤地动着，头上的汗已密密麻麻，仍笑着说："孩子，你下来。 你叔老了，忘事。我这就叫人给你拿钱，下来吧。"说着，随即叫人拿来二百块钱，给了王小丢……

等我赶到时，王小丢已拿着钱走了。 他是在众目睽睽之下把钱拿走的。 我去时，树下还黑压压地站着一片人，人们愣愣地望着那棵老槐树。 树上的树叶已经掉光了，树枝杈杈丫丫地黑枯着，上边吊着一根绳子。 绳子在寒风中晃悠着，一荡一荡地动，人们就盯着那绳子看，一个个傻了似的。

我揉了揉眼。 我看见树上长着一双眼睛，很硬、很韧、很毒的一双眼睛……

我赶到王小丢家，见小丢爹脸黄黄的，正咋咋呼呼地骂他呢。 小丢爹跺着脚说："谁叫你去要了？ 祖爷，谁叫你去要了？！"

王小丢不吭，就坐着，脸上泻着一团木然的静，静里蕴含着一层黑气，瘆人的黑气。 那黑气叫人害怕，叫人不敢往下想。 他怎么做得出来呢，一个十四岁的孩子？！

小丢爹抡起牛鞭要打，我拦住了。 小丢爹看我一眼，嘴里嘟哝说："没叫他去，没叫他去呀！"说着，抱头蹲在地上，竟呜呜地哭起来了。

下午，村里像炸了似的，家家户户都在议论这孩子。 有的说，村里盖房户很多，谁也没把钱要回来，这孩子竟有法叫村长把钱吐出来，在村里是头一份，真绝！ 有的说，这孩子有种，长着天胆哪，敢去踢村长的"脸面"……有的说，这孩子小小年纪，就趁人家办喜事的时候去勒索人家，太恶毒！ 还有的说，这孩子不是人，是精气……

傍晚，又听说小丢爹偷偷去给村长家送钱，村长不要，被推出来了。

夜里我无法入睡。 背着一根绳子的王小丢总在我眼前晃。 我看见这孩子猫一样走着，猫一样"哧溜、哧溜"爬上了那棵老槐树。 在婚礼的鞭炮声中，在喜庆的乐曲里，在司仪高喊"一拜天地、二拜高堂"的时候，他绾好了一个绳套，他把绳套套在脖子上……

这是个极其优秀的学生，他的优秀使我激动。 可他眼里却蕴含着一层黑气，那黑气会毁了这孩子……

怎么办呢？

元月1日

今日照常上课。

说是上课，其实是打扫卫生。 五百人的婚宴摆在学校，教室内外一片狼藉，到处都是人吃剩下的残羹，村里的狗都跑到学校来了……

校长没有来。 校长在村长家的婚宴上喝醉了，醉成了一摊泥。

课余，我把王小丢留了下来。

我说："小丢，你把钱要回来了。 要钱是对的，但我要告诉你，我不喜欢这样的行为。"

王小丢低着头，一声不吭。

我说："小丢，你人聪明，学业很好，是班里最有出息的学生。 也许你将来会做大事情，成为国家的栋梁之材。 但我要告诉你，一个人的品行非常重要，品行是立身之本，品行坏了，一个人就完了。 穷是没有什么错的，老师也很穷。

穷要穷得有骨气，穷得正道。 在人家结婚的时候背一根绳子去闹，这不好，很不好。 孩子，你知道不知道，这是要无赖，是勒索呀！ 你很聪明，但聪明得过头了，这不是一个品行好的孩子要干的事情。 这样下去，有一天你会走上邪路的。 你是我最喜欢的学生，我不希望你走上邪路……"

王小丢一直不说话。 过了一会儿，他抬起头来，望着我："老师，我咋把钱要回来呢？"

我语塞了，我不知道该怎么说。 老天，我怎么给孩子说呢？！

元月 3 日

上午，正上课的时候，听见村里"咕咚"一声巨响！ 震得教室落土。

后来，我才知道，是村长家锯树呢。 村长让人们把门前那棵老槐树锯倒了。 那是一棵年数很久的古槐，根扎得很深。 村长原打算连根挖了，可根太粗了，挖不动。 于是村长就让人把树锯了。

村长说，他看见那树眼黑。

元月 5 日

下雪了。 小雪，盐粒儿样，纷纷扬扬。 雪下了一夜，地上像抹了一层白粉，很滑。 树上结溜冰了，树的阴面结着一层薄薄的溜冰。 那溜冰是风吹出来的。 风把寒冷的湿气吹到树上，一直不停地吹，树就结溜冰了。

这几日神思恍惚，常能看到"眼睛"。风里有眼，雪里有眼，地上、树上、房上到处是眼……

踏雪来到学校，听人说校长找我呢。就去见校长。

推开门，见校长在炉火前蜷着。学校穷，教室里生不起炉子，就校长屋里有一个炉子，间或能烧壶开水。这会儿炉子上放着几块红薯，校长正"吧唧、吧唧"吃烤红薯呢。听说校长跟女人吵了一架，许是没吃饭吧？

校长啃红薯的样子，不由让人想笑。记得郭海峰老师刚有孩子时，女人去灶屋做饭，把孩子交给他。他一手抱着孩子，一手拿着红薯吃。正吃着，孩子拉屎了。他一下子就慌了，不知该怎么办。就举着红薯喊："哎，咋办呢？咋办呢？"女人没有出来，女人问："屙了？"他说："快点来！快来吧。"女人还是没有出来，女人"噢噢"叫了两声，一只狗跑来了。狗"哧溜"一下钻到了郭老师腿下，郭老师吓坏了，举着红薯高喊："不好了不好了不好了……"女人沾着两手面，慌忙从灶屋里跑出来，一看，"吞儿"笑了。女人说："你真是个呆子，连狗吃屎都怕！"校长仍举着红薯，慢慢转过脸来，一看，地上果然没屎了。后来女人一遍又一遍地给村人们学说郭老师举着红薯的呆样，说他连狗吃屎都怕……再后，郭老师慢慢习惯了，不再怕了。孩子拉屎的时候，也"噢噢"唤两声，狗就跑来了，他背过脸不看……

我问："校长，有事吗？"

校长抹了一下嘴说："王缺火那孩子你得好好整治整治他，太坏，太不像话！ 趁人家办喜事去讹诈人家，差点出大事。 不行就开除他！"

我说："王小丢这孩子平时还是不错的。 要钱是对的，但做法不对，我已经批评他了。 再说，村长也有错处。 别开除，还是教育教育吧。"

校长望着我，久久不说一句话。 校长眼里还有红丝，校长的酒劲还没下呢。 校长又拿起一块红薯，捏了捏，咬了两口，说："我的话也不听了，你看着办吧。"

我看着校长，校长的心变硬了。 校长蜷在炉火旁，脖儿缩着，眼光很混浊。 他冷冷地说："文英，你看着办吧。"

窗外，雪仍下着，冷风呜呜刮着，我问自己，我的老师呢，我的老师哪里去了……

元月 11 日

今天，乡派出所来人说，水旺被抓了，关在县城东关的拘留所里，让家里人去送被褥。

他爹听说儿子因为偷人家被抓，一下子气晕过去了。 他娘让电工春旺去给他兄弟送被褥，春旺嫌丢人，不去。 春旺媳妇也撺掇着不让去。 待他爹缓过气来，老人躺在床上流着泪说："不管他，叫他死吧！ 谁叫他偷人家呢？！"

在乡村里，做贼是很丢脸的事，一家人都脸上无光。

水旺曾是我的学生，我心里也很不是滋味。 那次回来，他没对家里人说实话。 他对家人说他在外做生意呢，对我却透了实底儿。 他没瞒我，他说他是"钳工"。 那时候我就知道他是"钳工"。 可我，做老师的，却没有回天之力，没能劝住他……

天一日日冷了，水旺蹲在牢里，期望着有人去给他送被褥。 可是，他家里却没人去，因为他是一个贼。

唉，他毕竟是我的学生啊，我的学生……做了贼也是我的学生。

中午，我犹豫再三，还是给娘说了。 我说："娘，水旺偷人家被抓住了，关在县拘留所。 他家里人不管他，说来还是我的学生呢，天冷了……"

娘说："多好的娃呀，咋去偷人家呢？ 作孽呀！ 去吧，去看看他，权当积德呢。"

下午是自习课，我抽空借了辆车子，给水旺准备了些被褥，就骑车到县城去了。

县城很远，骑到已是快下班的时候了。 看见拘留所的大门，我的脸像被扇了似的！ 做老师的，丢人也只有丢到这份儿上了。 我咬咬牙走上去，一位民警同志说："干什么？ 今儿不是探视日，回去吧。"我说："同志，我是给王水旺送被褥的，是乡派出所通知让来的。"那位民警同志看看我，黑着脸说："不是早就通知了吗？ 为啥到现在才来，嗯？！ 人冻死了谁负责？ 这样的家庭……"说着，他不耐烦地看看我："东西拿来了？"我说："拿来了。"他"嗯"了一声，忽然很警惕地问："你是他什么人哪？"我脸红了，我说："我是他老师。"民警同志上下打量我一番，又像审贼似的看了很久，嘴里念叨说："噢，老师？ 噢，老师……"那意思很清楚，老师就教出这样的学生？ 还有脸来……既来了，就不要脸了。 我说："同志，俺离这儿远，来一趟不容易，能不能让我见见他？"民警说："按规定是不能见的。 既然是老师，可以教育教育他。 好吧，你等着。"

过了一会儿，民警把水旺带来了。 我简直不相信那就是水旺，他脸色苍白，剃着光光的葫芦头，身子抖抖索索的，还带着伤。 水旺看见我，扑通一声就跪下了。 他跪下来抱着我的双腿哭着说："老师，我想不到你还会来看我，我想不到还有人来看我……"

我拉住他说："水旺，你起来……"

水旺不起来，水旺泣不成声。 他说："老师，我对不起你，我对不起你呀……"

水旺哭得我心里也酸酸的。 我说："水旺，我把被褥给你送来了。 你爹病了，你娘走不动……"往下，我也说不下去了，我眼里也有了泪，"改吧，水旺，你改了吧。"

水旺哭着说："老师，你别说了。 我等了一个星期了，我知道家里不会有人来……老师，我真想不到你会来！ 你放心吧，我改，我一定改。"

我说："水旺，你要改了，还是我的学生，你要不改……"

水旺说："老师，我没想在县城偷人家。 元旦哩，我想回家看看。 下了车，看见人家的包鼓囊囊的，这手就不是我的了……老师，你放心，我要是改不了，我永生永世都不再见你了，我没脸再见你了！"

我从兜里掏出五块钱，递给水旺。 我说："水旺，钱不多，你拿着买条毛巾、买块肥皂吧。"

水旺接过钱，头咚咚地在地上磕了几下，说："老师，天晚了，你回去吧。 我这一生一世都忘不了老师……"

那民警不耐烦了，说："算啦，起来！ 背上被子走。"

水旺乖乖地从地上爬起来，恋恋不舍地看了我一眼，流着泪背上被子走了。

我眼里的泪"唰"就流下来了。 我冲着他的背影喊："水旺，你改呀，你可改呀！"

水旺似想回头，又不敢回头，迟疑了一下，只听那民警厉声喝道："走！"接着，"咣当"一声，他被关进铁门里去了。

人哪，千万不能做贼呀！

元月 14 日

上午，在村口碰上了校长女人。

校长女人穿了一身新衣裳，鸡窝头上亮着木梳印儿，难看是难看，略显展呱了。 校长女人截住我，又朝村里扫了一眼，很神秘地说："文英，问你个事儿。"

我说："啥事儿？"

她脸上的皱儿一下子就凸出来了，衬得那身衣裳很假。她问："听说那狐媚子又来缠你姑父了？ 昨儿个来的。 你说，你实说。"

我说："县教育局来人不错，是来检查工作的。 那女的没来……"

她问："真没来？"

我说："真没来。"

校长女人说："她要再敢来，我非抹她一嘴屎！ 你姑父是好人，就怨那浪狐媚子缠他。 那狐媚子娘也不是好东西！ 就同同学，多少年不见了，又打发她闺女来……你姑父年轻时性躁，好瞎想，光想那少天没日头的事儿。 这些年日子好过了，安生了，冷不丁冒出个浪狐媚子……你说说？ 我不是怕别的，孩子都大了，我怕村里人笑话。 地面上谁不知道你姑夫，他当着校长哩……"

说着说着，校长女人猛地甩了一声高腔："……串亲戚哩。 俺舅家的妞儿结婚了，叫去给他当'叫女客'哩！ 还不是看你姑父是校长，叫去妆光哩呗……"

我愣了。 一回头，看见校长骑车从村里过来了。 校长女人老远就埋怨说："咋恁磨蹭哩？ 叫我老等。"

校长也换了一身新，推着一辆新车子，车后边夹着两匣点心。 校长看见我，很勉强地打了个招呼，他说："吃了？"

我说："吃了。"

校长女人又埋怨说："你在家弄啥哩，这会儿才出来？"

校长不耐烦地说："你挂梁上那点心，匣都油透了，咋给人家拿哩？"

校长女人一拍腿说："哟嗨，油了？ 没几天呢，会上的点心，半年都不到，咋可油了？ 那咋办哩……"

校长说："我绕代销点了一趟，想叫洪魁给换个匣。 洪魁都给换了新封新匣。 我给钱，他不要，丝丝秧秧地缠了半天，到了还是没要……"

校长女人美滋滋地说："还不是看你的面子。 不要算了，新匣才五分钱一个，也不值啥。"

校长虽穿了一身新，却看着叫人别扭，有一种说不出来的别扭。 细看才知道，校长穿的裤子是偏开口的，是他女人的裤子。 在乡下，一时找不到出门衣裳的时候，男人就穿女人的裤子。 那裤子是一块布套剪的，男人做一条，女人也做一条，为了省布。 出客的时候，就混着穿。 校长不但能穿女人的偏开口裤子，也知道给点心换匣了。 乡村里的点心不是吃的，是"串"的。 乡下串亲戚的时候，提上两匣点心，从这家串到那家，而后就一直串下去，也许一年，也许半载，只要装点心的匣不坏，就提着走。 点心匣被油浸透了，换换匣；彩色的封底烂了，换换纸，却不管匣里的点心……点心匣是乡人的脸面哪，乡人是提着脸行路的。

校长骗腿儿上了车子，带着女人去了。 校长已很乐意给人当"叫女客"，当"叫女客"有酒喝。 校长女人在车上嘱咐说："少喝点，别又醉了。"校长说："放心吧，喝不醉。"

麦苗出齐了，绿油油的，村路蜿蜒，校长骑的车在村路上晃着，慢慢就不见了，像烟化了似的。

我站在村口，觉得冷风像刀一样，很寒。校长没戴围巾，校长已用不着围巾了。

元月 21 日

明天就要放寒假了。

校长对我说："下学期的课得调调，你有个准备。"

我问："怎么调？我送的是毕业班。"

校长不看我。校长站在厕所里撒尿，我也尿。校长尿完紧了紧裤带，塌蒙着眼说："回头再说吧。"而后就走出去了，手一甩一甩的。

我想赶上去问问他。校长也等着我问他。我没动。

我知道校长对我有意见。

2 月 1 日

今天是腊月二十三，是灶王爷上天言好事的时辰，可我却听到了一个坏消息：王小丢被人打了。

王小丢在去镇上卖萝卜的路上被人打了。是洪魁发现的。洪魁去镇上进货，看见他在路上躺着，萝卜散了一地，就把他拉了回来。人看了，都说打得狠，打得仔细，身上已无一块好肉……八成是有仇！

洪魁说，看见时，他还在地上趴着，一脸血！ 见了人，他竟没有哭，他说："洪魁叔，扶我一把。"洪魁问他是谁下的毒手，他咬咬牙，不说，再问也不说。

我去看他时，小丢娘已哭成了泪人。 小丢爹在床前蹲着，一声声叹气说："看看，出事了吧！ 咱惹不起人家……"王小丢躺在床上，一句话也不说。 见我来了，脸上挣出一丝狰狞的笑，喃喃说："老师来了。 娘，给老师个座儿。"

小丢娘擦擦眼里的泪，给我搬了个小板凳。 我坐在床前，望着遍体鳞伤的王小丢，心一下子像是被揪住了。 我说："小丢，上医院吧，我送你上医院。"

王小丢疼得浑身直抖，可他坚忍地咬着牙说："不，不去，我能熬。"

天哪，这是我最喜欢的学生，也是王村学校最有培养前途的学生。 我期望着能把他送出去，期望他能长成一棵大树，成为国家的栋梁之材。 可他却被人打成这样，血肉模糊地躺在那里……我的心都快要碎了！ 怒火一下子蹿到了脑门上，我"咚咚"地站了起来，问："小丢，是谁打的？ 是谁把你打成这样的？！"

王小丢紧咬牙关，两眼空空的。 那空空的目光直视屋顶，冰一样冷。 他身上仿佛游动着一股凛人的寒气，那寒气在仇恨和屈辱的毒火里烧过，而后化成了一片灰烬，黑色的灰烬。 很久很久，他的眼眨了一下，那一眨是凶残的。 他咬着牙说："别问了。 老师，你别问了。"

为什么要毒打一个不足十五岁的少年呢？ 他惹了谁了，打得这样惨？！ 我说："小丢，你说吧。 你相信老师，老师会给你做主的……"

没有话，王小丢挨了打却不说一句话。 他不哭，不叫，木然地躺在那里。 他的耐力已超出了常人所能忍受的极限……

我说："小丢，你不相信我吗？ 你连老师都不信了？！"

仍无话。 我看见他身上的血痂在变黑，流淌的血也在变黑，那血浓得像酱油汤似的，散着一股泥土的甜腥气。 土地是沉默的，这孩子也是沉默的。 我心里不由飘出一丝疑虑，这孩子是怎么长成的呢？ 他怎么会具有这样的耐力和韧性呢？

蓦地，我想起了王小丢背一根绳子去闹村长家婚宴的事……我明白了。 他知道是谁打的，他知道为什么。 可他的心被打残了，他不再相信人了，他谁都不信。 在他眼里，世间没有公理，没有正义，也没有善良……

在这样的孩子面前，语言是苍白的，教育也显得无力。 我还能说什么呢？ 救救我的学生吧，谁能救救我的学生？ 我是老师呀！

离开王小丢家时，我的心很疼，像被人用刀割了似的。

2 月 8 日夜

今儿是除夕，也是我的洞房花烛夜。

没有请外客，只有我和梅。

一碗饺子，两支红烛，四碟小菜，我和梅相对而坐，以茶代酒，四目相望，已是人间天堂。

窗外北风怒号，瑞雪纷纷，一片洁白。爆竹响过了，狗儿也不再咬，村人已睡去。世界真静啊，仿佛在梦中。我问梅：这是梦吗？

烛光流着红泪，把梅的脸映得鲜艳如花。梅笑了，笑出两个甜窝儿。梅羞羞地说：已经是你的人了，还说这傻话。

梅，梅，好梅。梅用眼睛说话，梅直勾勾地看着我。我心里一热，就坐到梅跟前去了。我拉住梅的手说，梅，让我好好看看你。

梅说，还看不够吗？

我说，细读。

梅扭着腰说，看我打你，看我打你。说着，两只手轻轻地朝我身上擂，我就势抓住她的手，把她拥在怀里，狠狠地亲了一口！

梅再要打我，已似无力，就扑倒在我怀里，喃喃说，狼，白眼狼……

梅，我的小狐仙，是老天爷派你来的？老天爷可怜我这个穷教书匠，可怜我这个光棍汉，就把你派来了。老天爷有眼哪！你说话呀，小狐仙。

小狐仙不说，小狐仙羞红着脸趴在我的怀里。我真害怕天亮，天一亮我的小狐仙就飞走了……

梅说，小狐仙不走，小狐仙会好好跟你过日子，过一辈子。

相拥而坐，已近三更，可我还是不敢睡，我怕一睡下小狐仙就真的走了。

我的小狐仙。

2 月 24 日

寒假已过，又要开学了。

今天，在教师会上，校长突然说："文英，这学期你教一年级吧。"

我一下子愣住了。 我送的是毕业班，眼看着就要把学生送毕业了，这是最关键的一学期，校长却突然决定让我教一年级……

屋子里有了一串咳嗽声，没人吭声，谁也不说话。 接着就有人跺脚，天还是很冷，很冷。

校长塌蒙着眼皮，说："散会吧。"

教师们袖着手往外走，一个个冷雀似的。 我坐着没动。校长看人走光了，才慢吞吞说："文英，你还有啥事？"

我说："没事，校长。 我只想问问你，是不是因为那次打篮球？"

校长很窘，久久说不出话来。 在沉默中，我发现校长很憔悴，头发掉光了，身子蜷曲在椅子里，看上去很像一团破棉絮。 校长当年的英气也已随着头发掉光了，人猥猥琐琐的，一只手去搓脚上的灰……

就这么坐了一会儿，校长摘下眼镜，揉了揉浮肿的眼窝。慢慢，那眼里的混浊淡了些，他又干干地咳嗽了两声，说："文英，你要想教六年级，就……还教吧。"

我站起来，慢慢往外走。这时，校长又说："文英，我老了，别跟我一样……"

听了这话，我心里湿湿的，很不好受。校长一生坎坷，他被打过右派，还娶了个乡下女人，孩子又多，日子像树叶一样稠啊！是日子把他磨成这样的，这不能怪他。校长是个好人，他知道毕业班的重要，他也期望这所偏远的乡村学校能送出几名学生。他是想报复我，可他做不出来。他当了一辈子教师，他做不出来。

我没吭声，只默默地看了他一眼。

然而，当我站在清冷的操场上的时候，校长却又追了出来。他走上前，拍着我的肩膀说："文英，你那脾气也得改改。你可以继续教六年级，但有一条，王小丢不能让他上了。"

我转过身来，望着校长，问："为啥？"

校长说："村长说了，那孩子太毒……"

我喊道："都把人打成那样了，还想咋？！……"

校长拦住我的话头，说："文英，你别嚷嚷，我知道这孩子学习好，是块料。可你知道，学校老师的工资有一半是村里补贴的，给不给村长当家，你掂掂分量吧……"校长说完，扭头走了。

这时候我看见眼前有一个饭碗在滴溜溜转，那是泥捏的饭碗。我的饭碗是泥捏的，一摔就碎了。我看见我的饭碗碎了。碎就碎，我不怕碎，只是身上冷。风寒，身上就冷。

走在路上，我也想骂，日天日地地骂……

2月25日

一夜没睡。

我是一个很胆小的人。我翻开心看了看，我很胆小。

2月27日

今天，我去看了王小丢。

王小丢仍在床上躺着。他生疮了，生了一身烂疮，脓水四下流，他却一声不吭。

小丢娘把烧过的草木灰铺撒在床上，他就在热灰里滚，牙关紧咬着，头上冒一层细汗……

屋子里弥漫着甜甜的腥味，草的腥味。烧成灰的草仍然带一股腥味，那腥味是泥土给予的，和人的血腥味没什么两样。当草灰沾在小丢身上的时候，能听到"嗞嗞"的声响，一种融化的声响，声响里飘出一缕缕香气。这孩子是人吗？

我问王小丢："痛吗？"

王小丢说："不痛。老师，我不痛，只是有点痒。"

小丢娘说："痒就快好了。"

王小丢望着我说："老师，有话你就说吧。"

我知道这孩子眼尖。可我能说什么呢？我说校长不让你上了？你别上了……这话我说不出口。我说："没事。开学了，我来看看你，看你啥时候能去上课。"

王小丢说："老师，我能上。可我一身烂疮，怕同学们恶心，等疮好了吧。"

我说："行，治好了再去吧。"

王小丢眼巴巴地望着我："老师，你能来给我补补课吗？我怕耽误太多。"

孩子把我逼到死角里了，我不能不说话。我说："放心吧，我来给你补课。"说完，我赶忙走出去了。

我不敢看孩子的眼睛，我害怕这双眼睛。

3月5日

我想了很久很久。只有一个办法，我得把村长告下来，我一定得把村长告下来。

今天上午，我去县里找了老同学孙其志，孙其志现在是县计划生育办公室的副主任了。

孙其志又胖了，很忙。见了面倒还热情，说话"哼哼"的，很有气派。我说："其志，我想请你帮个忙。"

孙其志手一挥说："老同学，客气啥。有话赌说啦，能办的我一定办。"

我就给孙其志讲了村里的情况，讲了我的学生王小丢……我说，我得把村长告下来，你帮帮我。

孙其志听了摇摇头说："老同学，这事儿我管不了啊，你该去公安局。要是'计划生育'上的事儿，我一准管。"

我笑了。我说："其志，我就告他违反计划生育政策。村长大儿结婚后已生了两个孩子了，又偷偷生了一个，说是捡的……"

孙其志愣了，摇摇头说："当真？"

我说："千真万确。"

孙其志沉吟半晌，哈哈一笑说："算啦，算啦。老同学，你管这屁事干啥？走，我请你吃饭！"

我说："其志，我大老远跑来，不是混饭吃的。你管不管？"

孙其志看我认真了，忙改口说："我问问，调查调查再说吧。"

出了门，我心里跳跳的。我想说一句：千万别把我露出来，别说是我告的。可我张不开嘴。

3 月 15 日

十天了，没有任何消息。

我又找孙其志。这回我狠了狠心，提去了十斤小磨香油。

孙其志看见油就笑了："老同学，你打我脸哪……"

我也红着脸说："自己地里种的……"

　　其实不是种的，是我买的，高价买的。 提着油，我觉得我是把脸卖了。

　　孙其志看看油，说："你真想告他？"

　　我问："这事儿能告倒他吗？"

　　孙其志说："如果调查属实，撤职是没有问题的。 不过，这事儿老复杂呀！"

　　我不吭声，就看着他。 孙其志拍拍我说："好，我查查。"

3 月 25 日

　　又送香烟两条。

　　…………

4 月 1 日

　　桃花开了，开得很艳，一树树粉红。 梨花也开了，一树树粉白。 鸟儿在唱……

　　县计划生育小分队下来了，复查村里的计划生育工作。孙其志说："你等着吧。"

4 月 3 日

　　今天上午开了群众大会。

　　会上宣布，村长因带头违反计划生育政策被撤职，还罚款两千元……

村长老婆站在村口整整骂了一天!

村长说:"查出来剥他的皮!"

当时,我真想站出来说,是我告的,剥我的皮吧! 可我没有勇气。 五叔,对不住了。 干这件事太卑鄙,我也觉得自己很卑鄙。 我干得不光明正大。 为人师表,干这些鸡鸣狗盗的事,说来叫人汗颜。 我问过我的良心,良心说你别这样干,要干就当面锣对面鼓,你站在他的门口,大喊三声,说我要告你啦! 可我又问了问我的胆,胆说事不密则废。你是个民师,你的饭碗是泥捏的。 虽说你是为学生,可你不但救不了学生,自己的饭碗倒先碎了,你还有个瞎眼的老娘呢! 你没有别的办法……

傍晚,王小丢来了,仍是悄没声的。 他站在院子里,默默地望着我,我也看着他,谁也没说话,没有话。

过了一会儿,王小丢说:"老师,昨儿个我做了个梦,梦里我把村长家的骡子勒死了。 我小,我没那么大的劲,没人能猜出是我干的。 可我能勒死他家的大骡子,我有劲……这是个梦。"

我的喉咙有点干,我说:"要相信……"

王小丢说:"老师,我说着玩哪。 我不会干让你丢脸的事儿。"

我躲开他的目光,那光很毒。 我说:"明天来上课吧,好好学。"

王小丢说:"我要考出去,我能考上。"

4 月 20 日

校长问我，这届快毕业了，你估摸能考上几个？

我说，县重点中学最起码一个，乡中也会考上十几个。

校长很高兴。校长说抓紧点，乡文教助理说了，还要评奖呢。全乡二十一所小学，评一二三等奖。一等奖是电视机，二等奖是自行车，三等奖是座钟。你能争个自行车就不错，我那娃子有人提媒，女方要辆好自行车……

5 月 10 日

考试一天天迫近了。

同学们正加紧复习，每天晚上提着油灯来学校夜读。我也搬到学校来住了，一天只能睡四五个钟头，很乏。俗话说，养兵千日，用兵一时，得撑住。

也有的学生明知无望，就不来了。

下罢早自习，在回家吃饭的路上，我碰上了王聚财。王聚财背着铺盖卷正慌慌地往村外走。看见我，他站住了。我说："聚财，你干啥呢？"

王聚财说："老师，我不上了。上也没啥指望。俺舅在郑州做木工活呢，我去跟他学木匠……"

我心里一热，眼湿了。我说："聚财，上了几年学，会写信吗？"

王聚财说："会写。你教过多次，我都记住了。我带着地址呢。"

我拍拍他说："出门在外，多留神。 你才十五岁，还小。 常给你娘写个信，别叫她挂念。"

王聚财哭了。

我说："别哭，老师有对不住你的地方，多包涵吧。"说着，不知怎的，我也掉泪了。

王聚财走了，我的学生走了。 不管怎么说，他能写信了，能写信就好。

6 月 10 日

离考试还剩一个月了！

…………

附记

1986 年 6 月 17 日上午 9 时，王文英老师正为即将参加毕业考试的二十七名应届毕业生辅导功课，忽听房梁上有"咔咔"的声响。王文英老师急忙让学生快跑！……待学生们全部离开教室后，王文英老师才最后一个出来，但已晚了一步，只听"咕咚"一声，王文英老师被砸倒在教室里……抬出来时，人已血肉模糊。他睁眼看了看围在身边的学生,喃喃道:快走,快走！

王文英老师死后，全校师生为之披麻戴孝送葬。六月天,村里村外一片孝白,哭声震天……

（据查，头天夜里下了场雨，房坍是村人偷窃房梁钢筋造成的。但王村年内无人盖房，而去年盖房的有四十八家之多。时隔一年，房突然倒坍，已无法查证。主要责任者郭校长被开除公职，免予刑事处分。现为农民，在村里放羊。）

王文英老师的事迹逐级上报，县广播站广播了他的优秀事迹，《河南日报》发了专题报道。县广播站的记者看了死者的日记后，专程来采访王文英的妻子。村人愕然，说他光棍一条，没有女人。记者不信，去家查看，见屋内只有一床一破桌，一张女人的画……

这年，王村学校学生王小丢考上了县城重点中学，走时带洋二百元。小丢娘让他留下五十，说家里没钱。王小丢不给，说："三年后还你。"村人们说，这娃子真不是人。

一

没有人记得那个小脏孩了。

三十二年前，小脏孩跟在二姐的屁股后边，一步一步向田野走去。 那是八月的黄昏，秋阳浸染在西天的霞彩中，"叫吱吱"点墨一样在天边舞着，穿枣花布衫的乡下二姐大人似的前边走，细细的身量拖着长长的影儿，影儿是斜的，荡着一窝一窝的热土。 小脏孩走在斜斜的影子里，晃晃的像个跟屁虫。

走在乡村的土路上，夕阳中的绿色显得很遥远、很灿烂，一片一片地透着浓重。 不断有村人从浓重处钻出来，喝着老牛，扛着锄头，背着沉甸甸的草筐仄上黄黄的村路。 遇上了，就有村人野野地喊："妮，谁？！"二姐大人样地说："城里俺姑家的……"而后仄回头，闪一眼给小脏孩，"叫舅哩。"小脏孩羞羞地低下头，扭扭地蹭着脚下的暄土，不吭。 二姐又大人样地说："认生。"村人疑惑地望着小脏孩，上下打量了，说："不像城里人……"

那时，小脏孩就是一个小要饭的。 他赤肚肚儿穿一小裤头，很黑，很瘦，一身肋巴骨，还拖着长长的鼻涕。 他八岁了，在城里上小学一年级，饿得不像城里人。 他来乡下就是为了糊一糊总也填不饱的肚子。

那会儿，乡下正吃大食堂呢，家里连口铁锅都没有，日子也紧巴。 二姐看他来了，就说："上地吧，上地。"

就这样，二姐把他领到田野里去了。 在夕烧的霞辉里，平着脚走过青青的豆地，走过蔓蔓的红薯地，钻进了茂密的玉米田。 天光渐渐暗了，那绿更显得浓，眼前是绿，身后是绿，一重一重的绿，绿里弥漫着一股甜腻腻的腥气，浓得叫人透不过气来。 钻着钻着，小脏孩就蒙了。 他怯怯地说："姐，我头晕。"二姐的细腿磕打着玉米叶，"唰唰"地往前走，走得很快。 小脏孩拽住了姐的衣裳，无力地重复说："姐，我头晕。"二姐扭过脸来，诧异地望着小脏孩。 小脏孩身子晃晃的，眼里泛着豆绿色的死光，喃喃地说："晕，我头晕。"姐望着他，一会儿，慌慌地说："你坐下，坐下吧。"小脏孩软软地坐下了，身子斜靠在玉米棵儿上。 二姐独自一人去了。 片刻，她又匆匆回来，说："你别动，你可别动。"小脏孩就不动。 他的屁股硌在一条埂上，硌得很不舒服，却仍旧不敢动，只慢慢地往下出溜，出溜着出溜着就躺下了，傻睁着一双豆绿色的眼睛。

二姐走了，先是还能听到"沙拉、沙拉"的响声，继而就什么也没有了，只有一片死静。 透过玉米叶的小缝儿，能看到西天里那淡淡的红烧，红烧残燃着，点点碎去，一片一片地灰，就有恐惧慢慢游上来，一点一点地蜇人的心。 而后就听到小虫的鸣叫，这儿一声，那儿一声，似很遥远，又仿佛很贴近，总也捉不住。 身边有软软的东西爬过去，一摸，是豆虫，忙松了手大喊："姐，姐……"终于，远远地有了响动，小脏孩忙仄头去看，却没有人。 小脏孩哭了，泪水洒在湿热的玉米田里。

暮野四合，天灰下来了，风呜呜地响着，周围像有千军万马在动。 二姐已去了很久，老不见回来。 小脏孩心里害怕，很想动动，却又不敢动。 他顺着田垄往前爬了一段，又赶忙爬回来，坐回印着两小瓣屁股的土窝里。 多年后，他仍然记着那印着两瓣小屁股的土窝。 他坐在温热的土窝里不敢动，却狠命地骂二姐，一遍一遍地骂，用世界上最恶毒的语言诅咒她！ 就那么咒着咒着，忽然，一个沉重的布袋倒在他的身旁，接着又是"咣"的一声，撂在地上的是一把小铲。

二姐回来了。

二姐突兀地出现在他的面前，一身汗湿，鼻孔里呼呼地喘着粗气，两只小辫参参地散开去，像个小疯子似的。 他狠狠地剜了二姐一眼，转过头去赌气。 二姐说："你饿了吧？"他的确饿了，饿得想吃人，可他不吭。 二姐蹲下身，随手拿过小铲，很快在地上挖了个土窖，那土窖四四方方的，分上下两层，还留出一个出烟的小道儿。 而后她从身边拖出一小捆柴草，又摸摸索索地掏出一盒火柴，接着，一块块红薯、一个个嫩玉米从她身后的袋子里跳出来，又被一个个摆在火窖里，四周偎上土……小脏孩呆呆地望着二姐。 他不知柴草是从哪儿捡来的，也不知那些馋人的红薯、嫩玉米又是怎样扒来的，更料不到二姐竟还带着火柴。 只见二姐的手在动，很神奇很灵巧地动，一切就像在梦中。 他不再恨二姐了。

夜完全黑下来了。 风从玉米田上空刮过去，大地便有些许摇动，在摇动中玉米缨缨上那粉色的长须晃着点点丝丝的银白，看上去就像老人的胡须。 再看就像是很多很多银须飘逸的老人站在周围，默默地述说着什么，叫人心悸。 渐渐，土窖里的火燃起来了。 冒着黑烟的土窖里飘出一朵朵蓝色的小火苗儿，火苗儿蹿动着，送出一缕缕暖意也送出一丝丝诱人的熟香……二姐的手像黑蝴蝶似的在火苗儿中闪动着，一会儿翻翻这块儿，一会儿又捏捏那块儿，嘴里"咝咝"地吹着，总说："不熟呢，还不熟呢。"说了，就又去捏。 捏着捏着就翻出一块儿来，说："吃吧。"小脏孩接过来就狼吞虎咽地吃，真香啊！ 二姐就看着他吃，吃了一块，又递一块……二姐盘膝坐在火窖边，脸儿被窖火映得红扑扑的，两眼亮亮地怔着，手却不停地在火窖上跳动。 直到窖里空了，她才说："还饿吗？"小脏孩不吭，直望那火窖，盼着还能翻出一块来。 于是二姐笑了，把窖里的灰扒出来，摆上柴草、红薯、嫩玉米，再烧……

第二窖又吃完了。 二姐望着他说："小猪，真是个小猪！ 饱了吗？"他拍拍圆圆的肚儿，不好意思地笑了。 二姐站起身，用脚把土窖封上，又用力踩了踩，直到火星儿熄了，才说："走吧。"二姐拽着他在墨海一样的田野里蹿动，一会儿东，一会儿西；一会儿她停住了，只听得周围一片"哗啦、哗啦"的响动……一会儿她又不见了，像是化进了无边的黑夜，化进了叶叶蔓蔓的庄稼地。 四周只有风声虫鸣，茫然四顾，叫人胆战心惊。 倏尔，她又不知从哪儿冒了出来，精灵似的伸出一只手，拽着他又走。 他就像瞎子一样跟着二姐走。 当他跌跌撞撞地来到地头的时候，二姐手里的小布袋又满了。 里边鼓鼓囊囊地装满了红薯和嫩玉米。 二姐擦一把脸上的汗，喘喘地说："带回去，给家人带回去吧。"

夜很恐怖，远处有鬼火一闪一闪地晃着，周围总像有什么在动，黑黑的一条，"哧溜"就不见了。 回城还有二十五里夜路要走，他怯。 怯了又不说，就懦懦地站着，望二姐的脸。 二姐说："我送你。 走吧，我送你。"

二姐扛着小布袋头前走，小脏孩在后边紧紧相跟着，深一脚浅一脚，就像走在树林里。 那一踏一踏的步子都踩在二姐的喘息上，那喘声叫人心定。 二姐知道他怕，就说："你看你看，北斗星出来了，那是个勺子，记住那勺子就不会迷路了。"小脏孩抬头去看，夜很浓，天上碎着几颗钉子一样的星星。 他不知哪颗是北斗星，也找不到勺子，不过心里不那么慌了。 走着走着，二姐又说："要是有人在后边拍你，你别回头，那是'皮大狐'，你不理它，它不害你。"过一会儿，二姐还说："要是遇上'鬼打墙'，你就朝地上吐唾沫，呸他！ 你呸他，他就放你走了。"那会儿，二姐的话仿佛来自天穹，既遥远又神秘，两双小脚丫的行进声一踏一踏的，碎那无边的夜。

过了黑集，就是官道了。 站在大路沿上，二姐喘口气说："这就不用怕了。"可小脏孩还是不吭，他知道，前边还要过"八柏冢"呢！ 路边上有一个山样的坟丘，坟上有八棵参天古柏，柏树上有黑压压的"老鸹"……听姥姥说，这坟里埋着八位古人。 又听姥姥说，坟上的柏树有几百年了，树上有精气。 还说，有一天，一位贪财的乡人去砍坟上的柏树，斧子掉下来，却把自己的腿砍断了……白天路过时，他就很怕。 夜里更怕。 二姐看着他，说："我再送送。"于是，二姐又扛着布袋往前走。 远远地望见那八棵黑森森的柏树了，小脏孩的身子抖了，二姐的身子也抖了，可二姐却拽住他的手说："别怕。 胆儿是撑出来的，撑着，就不怕了。"

就这样，二姐一直把小脏孩送到城边上。 待眼前灯火一片的时候，二姐说："兄弟，回去吧。"这时，小脏孩才突然发现，姐也还小呢，她才十二岁。 她要独自一人去摸那吓人的夜路，要过"八柏冢"，过那一片一片的坟地……小脏孩嘴干了，喃喃地叫了一声："姐……"二姐默默地把小布袋放到他的肩头上。 二姐已背了那么远了，现在把布袋交给了他，他立时感到了沉重。 于是，在八岁那年他就知道了什么叫重负。 那是二姐交给他的，他一生都背着……

多年后，那小脏孩当了作家，没人知道那小脏孩了。 可他自己知道，是二姐带他走向田野的。

二

我的记忆犯了很严重的错误。 我记不住二姐的面目。在很早很早的时候，我记不清二姐的面目了。 二姐长得不丑，在记忆里，二姐的面相总是模糊的。 每当想起二姐，脑海里就浮现出一片静静的乡野：那或是春日里雨后新湿的乡间土路，土路上印着小小脚丫和牛蹄的踏痕，踏痕一瓣一瓣地碎着，就像大地的图章，图章上刻着落日的余晖和割草的孩子摇摇的身影儿；那或是夏日正午的麦场，麦场上兀立着一座座高高的麦垛，场光光的，垛圆圆的，雀儿打着旋儿飞绕，啄那新熟的籽。 烈日像火镜一般照在金灿灿的垛上，映出一顶顶草帽来，草帽有新的，也有旧的；那或是秋日霜后的柿树林，柿叶一片片飘落在地上，小风溜过，掀起一阵红染的"沙沙"，枝丫上的柿子红灯笼似的悬着，间或有"噗噗"一两声，就有熟透的柿子落在地上，血一样绽放；那或是冬日里漫向旷野的寒冷，大地默默地横躺着，瑟缩着扫荡后的疲惫，沟壑里，田埂上，却依然散着农人忙碌的痕迹：深深的脚窝，戳在地上的粪叉洞儿，弯弯曲曲的车辙……

然而，怎么就记不清二姐的面目呢？ ……

二姐是个聋子。

二姐一岁没爹，两岁没娘，三岁发高烧，就烧成了一个聋子。

二姐的爹，也就是小脏孩的舅舅，死得很蹊跷。他被人打死在离村七里的沟里，头上有一个鲜艳的红洞，那洞里竟填着一颗产地遥远的美国子弹。美国人到处支援，终于支援到了舅舅的头上，叫二姐没有了爹。对于舅舅的死，乡人有许多传说。有说是土匪图财害命，有说是狗咬狗，也有的说是勾奸夫杀本夫……反正二姐没有爹了。

二姐的爹一死，二姐的娘就主动要求改嫁。按姥姥的意思，想让她活活熬下去，把孩子拉扯大。可她执意要走。她还年轻呢，才二十来岁，长得鲜艳。虽然怀里抱着一个吃奶的亲生肉肉儿，她还是想过那有男人的日月。后来姥姥看拦不住了，就跟她讨价还价。姥姥说："进门来俺待你不薄，你要走俺也不拦你。这样行不行，孩子小，怕养不活，你再给孩子吃一年奶，到一年头上，俺套车送你。"二姐的娘不说话，把身子扭过去了。姥姥"扑通"往地上一跪，说："半年，半年中不中？"二姐的娘还是不说话。姥姥再没说什么，默默地站起身，眼一闭，说："你去吧，把孩子放下。"二姐的娘就收拾收拾去了。她走到门口，不知怎的心里一软，勾回头说："我再给孩子吃口奶吧。"姥姥硬硬地说："不用，你走吧。"

当天晚上，二姐就嚼起了姥姥的瞎奶，嚼着嚼着就哭起来了，烈哭。 姥姥自然咒那黑心女人。 二姐哭了一夜，她就陪着咒了一夜。 二姐夜夜哭，她就夜夜咒，咒语十分毒辣。 然而，二姐的娘改嫁后仍活得十分鲜艳。

这都是母亲说的，母亲说老天爷不睁眼。 母亲也咒，母亲说好人不长寿，祸害一千年。

二姐是姥姥用玉米面糊糊喂大的。 姥姥那没牙的嘴先把干干的饼子嚼一遍，然后用粗黑的手指抿到二姐的嘴里，直到二姐长出满口小牙……多年后，二姐成家立业，曾提着点心去看过她的亲娘。 亲娘抱住她就哭起来，边哭边说："闺女呀，我哩亲闺女呀！ 娘想死你了……"不料，二姐站起就走，以后再没去过。

二姐三岁时得了一场大病，发高烧一连烧了五天五夜。在那难熬的日日夜夜，姥姥一直守候着她的亲孙女，能使的偏方都试过了，该请的乡医也请了，可小人儿还是昏迷不醒。 眼看那小脸烧得像火炭一样，身子一抽一抽的，站在一旁的姥爷叹口气，说："人不成了，拿谷草吧。"

按乡间习俗，姥爷正要拿谷草裹着埋人的时候，却被姥姥拦住了。 姥姥歪着小脚一蹦一蹦地蹿了出去，站在院子里，仰望沉沉夜空，眼含热泪高声喊道："妮——回来吧！"那一声如泣如诉，神鬼皆惊，姥爷禁不住在屋里应道："——回来啦！"

就这样，姥姥走着喊着，喊着走着，一步步，一声声，从村里，到村外，而后面对那闪着星星鬼火的广袤旷野哀哀地唤道：

"妮——回来吧！"

"——回来啦！"

姥姥在外边一声声唤着，姥爷在家里一声声应着。 那呼唤有多凄婉，那回应就有多苍凉；那呼唤有多执着，那回应就有多悲壮。 这是一个天地人神均不得安宁的夜晚，两位老人泣血般的声声呼唤合奏着一部悲愤激越的招魂曲。 那招魂曲越过农舍，越过旷野，越过茫茫夜空，越过沉沉大地，响彻九天云外，生生架住了迫近的死神……

"妮——回来吧！"

"——回来啦！"

天亮时，二姐终于睁开了眼，她活过来了。 二姐大难不死，却烧成了一个小聋子。

听母亲说，二姐开初还不太聋，大声说话她是能听见的。 七岁时，她还上过两年小学。 她上学很用功，上课时两眼瞪得圆圆的，连个闪也不打。 忽然有一日，她很晚了还没有回来。 姥姥到学校去找她，却见她一人独独地蹲在墙角里，头一下一下地往墙上撞！ 姥姥远远地叫："妮，妮……"她也不吭。 待姥姥走近了，她赶忙擦擦眼里的泪，说："奶，回去吧。"姥姥问她，她却什么也不说。 后来才知道，那天在课堂上，二姐被老师揪了出来，念拼音。 老师说："dōng——东。"她便念："fēng——风。"老师再念："d——ōng——东！"她又念："f——ēng——风"……

二姐不再上学了。 那天夜里，二姐哭着说："奶，我听不见……"姥姥伤心地摸着她的头说："妮，命苦哇。"二姐又说："奶，我听不见可咋办呢？"姥姥流着泪说："妮，这学咱不上了。 我养着你……"

可是，七天之后，二姐却做出了一件让全村人吃惊的事。

那是黄昏时分，回村的人们全都怔怔地站在村口的路上，注视着西边那块染遍霞辉的谷地。 在金红色的谷地里，只见一个毛茸茸金灿灿的草垛随风滚动，那草垛有一人多高，一会儿亮了，一会儿又暗了，一会儿摇摇地晃来，一会儿又坠坠地沉去……村人越聚越多，全都慌了神。 老人说："精气！ 那是精气，草成精了！"

然而，那成了"精气"的草垛却缓缓地朝村子滚来。 近了，又近了。 当那草垛临近村口的时候，人们才发现下边有一个小小的人头，一张乏极了的小脸，那便是二姐，正是二姐的细麻秆腿支撑着那个大草垛！

老天哪，她是怎么背回来的呢？ 她才九岁呀！ 一个小小的妮子，怎么会呢？

村人都说，这妮不是人。

三

二姐真不是人吗？ 我不敢这样说。 可我总觉得二姐是有神性的。 不然，我怎会记不起她的面目呢？

要知道，我从八岁起就跟二姐在乡下野，野了许多年哪。 那时候，为了一张嘴，我几乎每个星期天都到乡下来。 每次来，二姐都站在离村口远远的大路上等我。 是的，我记住了那座石桥，也记住了二姐穿在身上的枣花布衫。 我常常把那件枣花布衫当作乡村的旗帜，远远地望见了，就急煎煎地向它奔去。 它也仿佛具有某种灵性，老远老远，就听见它说：兄弟，你回来啦，兄弟。

二姐的枣花布衫在田野里是会转色的。 有时候我觉得它是红的，有时候我觉得它是紫的，有时候它是黄的，有时候它又是绿的。 在夕阳下它是金红的，人也仿佛融进了金红色的大地；在荞麦地里它是紫的，人一进去就不见了影儿；在油菜地里它是黄的，人像是化在了灿灿的粉黄中；在玉米田里它又是绿色的，走着走着，倏尔就寻不到了。 所以，田野里总响着我声声急切的呼唤："二姐，二姐——"

我似乎是记住了二姐的手。 二姐的手并不鲜嫩，手指也不纤细，那是很粗很涩的一双手，摸上去像锯齿一样。 每当这双手牵着我的时候，我就闻到了一股淡淡的草香。 那草香一日日伴着我，久久后，熏得我也有了一点点灵气，以至于多年后我仍然认得什么是"马屎菜"，什么叫"面条棵儿"，什么是"芨芨菜"，什么是"狗尾巴草"。 至于哪种是能吃的"苦瓜蛋儿"，哪种是"甜哑巴秆儿"，那是一看便能认出的。

乡村是手的世界。 我很难说清这双手的魔力。 跟二姐在田野里野的时候，我知道这双手出奇地快，出奇地灵巧。先说割草吧，乡村最美妙的音乐就是割草，那"嚓嚓，嚓嚓嚓"的声响让人心醉。 那是生命的音乐。 那音乐奏起的一刹那天还是灰的，东方仅露出淡淡的一线红；继而滚滚的一轮红日升起，一竿两竿地跃动，渐渐就钉在了中天，送大地一片泛着七彩光色的气浪；然后慢慢西移、下沉，烧一天胭脂的红……直到那一线灰红消去的时候，乐声才止。 二姐十二岁就是劳力了，凭着这双手，二姐挣的工分抵得上两个壮汉。

我还知道二姐的指纹，二姐手上有九个"斗"。 乡人说，九"斗"一"簸箕"是福相，可二姐的福在哪里呢？ 我说不清楚。 我只知道那锯条样的小手指一顿饭的工夫就能编出十个好看的蝈蝈笼子。 当然还有两层楼的，那要慢一些。二姐编的蝈蝈笼使我从小就有了一点点商品意识。 编好了笼子，二姐就带我去地里抓蝈蝈，那是一抓一个准。 抓住了，二姐就问我："叫了吗？"我欢欢地说："叫了！"二姐说："只有母蝈蝈才叫，公蝈蝈不会叫。"于是我就把装了母蝈蝈的笼子带回城去，拿到学校门口跟同学们换蒸馍吃。 可我怎么就没想到呢，二姐原是听不见蝈蝈叫的……

那时候，二姐的手就是我的食品袋。 跟着她我尝遍了乡间的野果。 即使在光秃秃的冬天里，二姐也能在野外地老鼠营造的"搬仓洞"里刨出一捧花生来！ 可这双手平素却是专拣黑馍馍吃的。 在姥姥家里，饭一向分两种，黑窝窝是姥姥跟二姐吃的，掺了些白面的馍是我跟姥爷吃的。 乡间的女人，似乎都长了一双拿黑馍的手，那仿佛是命定的。 二姐才比我大四岁，又是姥爷姥姥极疼爱的孙女，为什么就不能拿白馍呢？ 那时，我不懂。 长大了，我仍然不懂。 但我却明白了"黑"与"白"。 我固执地认为，黑与白就是人生的全部含义。

我痛骂过自己，似乎不应该这样"肢解"二姐。 二姐施惠于我，我凭什么"肢解"她呢？

可映在我眼前的还是一个背影，二姐的背影。 也许是我常常跟在二姐身后的缘故。 在我的印象里，二姐肩头上那块补丁是很醒目的。 那是一块蓝色的补丁，布是半成新，针脚很细，细得让人看不出。 尤其叫我难忘的是那补丁上还绣着一朵花，是"牛屎饼花"。 这是名字最难听的花，却是乡村里最鲜艳最美丽的花朵。 在乡人的院子里，种在窗前的就是"牛屎饼花"。 这种花的香气很淡，在风中细品才能捉到，但这种花的香气最久，即使干枯了，也有丝丝缕缕余香不散。 后来二姐那绣在补丁上的"牛屎饼花"磨去了，只有花的印痕依然清晰……

从二姐的肩头望过去，还时常能看到邻村的一块坡地，坡地上立着一个年轻的汉子。 在夏日的黄昏，那汉子总是野野地光着脊梁，远远看上去热腾腾的。 间或挂着一张锄，就那么斜斜地站着，身上被落日的余晖照得亮亮的，像黑缎一样。 开初我不明白，后来总见二姐就那么站着，即使背着草捆的时候，她也那么站着，痴痴地朝西边望。 而西边坡地上的汉子，也常常那样站着，久了，就见他也朝这边望。 那一瞬间，二姐就把头勾下去了，而后耸一耸背上的草捆，又慢慢、慢慢地抬起头……那坡地并不遥远，却没见谁走过去或走过来，就那么仅仅望着，望着。 有时候，就见那年轻的后生在坡地里犁田，犁着犁着就打起牲口来。 那鞭儿炸炸地响着，人也一蹿一蹿地骂，骂声十分地响亮。 于是，我拽起割草的二姐朝那边看。 看着看着，那汉子就不再打牲口了，重又规规矩矩地犁田，鞭儿悠悠地晃着，在坡上一行一行地走。 收工时，天地都静了，又见二姐朝那边望，他朝这边望，就那么默默无言地相互望着……

这也许是二姐一生中最有色彩的部分了。 在那个夏天里，二姐的脸总是很生动地朝着西边，与那年轻的汉子无言地相望。 没有见谁说过一句话。 我曾一再倒放记忆的胶片，是的，他们没有说过话，连一声吆喝都没有。 后来那汉子就不再来了，坡地上空空的。 可二姐还是朝西边坡地里望，一日又一日，无论风天还是雨天，二姐总在望，默默地，默默地……

终于有一天，二姐带我穿过了那块坡地。 那是秋后时节，坡地里的芝麻一片一片地开着小朵的白花，香气十分浓郁。 可二姐并没有在那块坡地里停下，她仅仅是看了一眼，就又往前走，身子摇摇的。 穿过高粱地，又穿过玉米田，也不知走了多久，抬起眼来，已经站在了坟地里。 那是一块极大的坟地，坟地里最显眼的是一座潮湿的新坟。 二姐就在那座新坟前站住了。

二姐站住了，我的记忆也"站"住了。 只记得二姐留在坟地里的脚窝很深，五个脚趾的印痕深深地抠进地里，那印痕一圈一圈地绕着新坟，就像在地上镌刻一个巨大的花环……

这就是二姐的秘密。 二姐一生中就这么一个秘密。

记得那是雨后的黄昏，在回去的路上，我要二姐带我去捉蜻蜓，二姐就带我去场里捉蜻蜓。 空气湿湿的，地也湿湿的。 蜻蜓在空中一群一群地飞，忽一下高了，忽一下又低了，那薄薄的羽翼在晚霞中折射出七彩的神光，旋得十分好看。 我拿着场里的木锨去扑，东一下，西一下，总也扑不着。 急了，我就喊："姐，姐……"

干什么二姐都帮我。 可那一次二姐没有帮我，我记得二姐没有帮我。 她站在场院里，一动也不动，默默地看着蜻蜓飞。 蜻蜓飞来了，又飞去了，亮着黑黑的头，摇着薄薄的羽，一双双，一对对，在她身边打着旋儿。 有一只蜻蜓竟然停在二姐的肩上，二姐还是不动，愣愣的。 我跑过去扑，却见二姐的嘴在动，二姐说："丁丁（蜻蜓）比人好。"

蜻蜓飞了，飞得很高很高。 我听见二姐说："丁丁比人好。"

四

二姐十八岁定亲。

按照乡间的习俗，第一次"见面"应该是十分隆重的。姥姥仄着小脚专程到城里来了一趟，跟母亲商量。母亲说，让妮来一趟，就在城里见面吧。按母亲的意思，在城里见面，就有了些体面。姥姥又回去问二姐，二姐不说话，只默默地坐着。于是就这样定了。

那天晚上乡下来了许多人。来相亲的画匠王村人充分地展示了他们的"富裕"。家中的小院里扎满了自行车，全是八成新。七八条小伙整整齐齐地站在院子里，一身的新。进来一个是蓝帽子，蓝布衫，蓝裤子；又进来一个还是蓝帽子，蓝布衫，蓝裤子；个个都是蓝帽子，蓝布衫，蓝裤子。布料是当时很时兴的斜纹布，那说亲的女人排在前边，手里赫然提着十二匣点心！她身后，蓝色的汉子们一个个木偶似的相跟着，小心翼翼地进屋坐了，叫人很难分清相亲的是哪一位。

大概是一支烟的工夫，众人稍稍地说了一些闲话，汉子们便站起身一个一个往外走，像演戏一样，上了场，又慢慢退场。二姐始终在屋里坐着，穿一件枣红布衫，围一条毛蓝色的围巾，就那么勾头坐着，怔怔的，不知在想什么。这当儿，一个瘦瘦的小伙临站起时把一个小红包递到了二姐的手里，他慌慌地看了二姐一眼，就往外走。 突然，二姐站了起来，说："等等。"她扫了那小伙一眼，慢慢地说："把钱拿走。"

众人一下子愣住了。 走出门的蓝汉子全都折回头来，一个个惊惶不安地望着二姐，尤其是那相亲的小伙，脸慢慢泛白，头上沁出了汗。 那汗一豆儿一豆儿地生在脑门上，又一层层一排排地"长"，顷刻间布满了那张微微泛红的脸，凝住挥不尽的尴尬和窘迫。 他站在那儿，周围静得没有一点儿声音，只有那汗珠滴滴圆润……

二姐勾下头去，匆忙解开了那个小红包，包里是厚厚的一沓钱。 二姐把钱递过去，很果决地说："拿走。"然后将包钱的小红纸轻轻地揣进兜里。

这是庄严的一刻。 屋里的人全都默默不语，呆呆地望着二姐。 多年后，我才知道乡下人是很讲究形式的，在他们看来，形式就是内容。 这一揣使汉子们暗暗地松了一口气。二姐收下了小红纸就等于定下了她的终身。 她的一生就押在了那张小红纸上。 就在那一瞬间。 汉子们笑笑地走出去了。 只有那未来的姐夫走得沉重，仍然挂着一脸的汗。 他们感到诧异，二姐为什么不收钱呢？

二姐收下了那"汗"。 当那汗珠密密麻麻地排列在未来姐夫的脑门上的时候，我分明看见二姐的眼眨了一下。 正是那一豆儿一豆儿的汗珠促成了二姐的婚事。 二姐是在汗水里泡大的，她深知世上的一切都可以作假，唯有汗水是不会假的。 二姐认"汗"。

事后我才知道，那晚画匠王村人的"演出"并不成功。事前，姥姥曾差"细作"悄悄去村里打听过。"细作"问："套家怎样？"人说："是东头套家还是西头套家？""细作"又问："东头怎样，西头又怎样？"人说："东头套家瓷实，家人当着支书呢，西头套家穷……""细作"回来说："许是东头吧？"姥姥不说话，就问二姐："妮，你看呢？"二姐不吭。 二姐定然是知道的。 相亲的婆家其实很穷很穷。 那晚相亲的"行头"全是借的。 钱是借的，自行车是借的，连身上穿的衣裳都是借的。 为了相亲，乡人们集中了全村人的智慧和富有，从乡里借到城里……据说，相亲的姐夫已经说过七次亲了，一次一次都吹了。 因为家穷，因为床上躺着一个病瘫的老娘……

二姐耳聋心不聋。 这一切她都是知道的。 她执意不要那三百块钱，就是不要那注定将由她偿还的债务。

在出嫁前的一年里，二姐像换了个人似的，除了下地干活，就不再上田里去野了。 我来，她也很少陪我去玩，就坐在家里做鞋，给表兄妹们做，也给那定下亲的蓝汉子做，一双又一双。 每次来，总见二姐在纳鞋底，那线绳儿"嗞啰、嗞啰"地扯着，锥子从这边扎过去，又从那边扎过来，狠狠的。 那动作里似乎有一种说不清的东西。 二姐的鞋底是有记号的，鞋底上总绣着一只黑蜻蜓。 那蜻蜓用黑丝线绣成，翅儿参参的，还有两条长长的须儿，活生生的，只是没有眼。我指给二姐看："没眼。"二姐懂了我的意思，笑笑说："有眼就飞了。"

间或，姐夫也提了礼物到姥姥家来。还是穿着一身新新的蓝衣裳，来了就做，不是去挑水就是扫院子。而后就默默地坐下来，二姐不吭，他也不吭。要是二姐问一句，他就答一句，话是不多的。

二姐问："吃了吗？"

他就说："吃了。"

二姐问："家里还好？"

他就说："还好。"

二姐问："娘的病好些了？"

他就说："好些了。"

二姐问："能下床了？"

他摇摇头，没话……

二姐就"嗞啰、嗞啰"地纳鞋底，纳着纳着就拿出一双新做的鞋子让他试，试了，看看合脚，二姐就说："穿着走吧。"而后，二姐趁姥姥出去的工夫，偷偷地说："别再借人家的衣裳穿了，别再借了……"

姐夫脸就红了，红得像新染的布。于是那借来的新蓝衣裳穿在身上就显得格外别扭。那天他刚好借的是一条侧开口的女式裤子。

后来姐夫再来时穿的自然破旧，肩头总是烂着，那神色倒显得自然了。来了，二姐待他更显得亲切，一进门就打水让他洗。 临走，总要给他缝一缝衣服。 那时，二姐让他坐着，嘴里咬一截避灾的秫秸，就蹲着一针一针地为他缝，就像缝着未来的日子。

记得二姐出嫁前曾到邻村那汉子的坟上去看过。 坟荒了，坟上爬满了萋萋荒草。 二姐就蹲下来拔那荒草，留下了一圈密匝匝的脚印。 似乎没有哀怨和痛苦，拔了荒草，她就去了。 不像城里人，有很多的缠绵。

二姐是九月初八出嫁的。 那天，为了抢"好儿"，画匠王迎亲的马车四更天就来了。 喜庆的日子，二姐自然是穿了一身红，红棉袄，红棉裤，头上还系了一条红披巾。 待一阵鞭炮响过，二姐跪在姥姥面前磕了一个头，就挺挺地上了那围着红圈席的马车。

不料，五更天起了大雾，四周什么也看不见了。 刚好那赶马车的老汉眼不济，过小桥的时候，赶着赶着就把马车赶到河里去了。 只听得"咕咚"一声，二姐已坐在河里了！ 送亲的三嫂忙把二姐从齐腰的河水里拉出来，接着就破口大骂：

"画匠王村的人都死绝了吗？ 派这么一个瞎眼驴！ 大喜的日子，把人赶到河里，这不晦气吗？！ 不去了，不去了！ 叫人给画匠王捎信儿，重置衣裳重派车，单的棉的一件不能少，少一件也不去！"

迎亲的画匠王村人全都傻了，谁也不敢吭声。 那赶车的老汉是姐夫的本家叔，见办了这等窝囊事，竟咧着大嘴哭起来，一边哭一边扇自己的老脸："老没材料哇……"

众人忙给三嫂赔不是，连连求情。 三嫂一口咬定："不中！ 大喜的日子，妮一辈子就这一回，这算啥？！"

二姐苦苦地笑了，说："算了，谁也不怨，这就去吧。"

三嫂说："妮，这可是你大喜的日子呀！ ……"

二姐说："既没坐马车的命，就不坐了。 三嫂，咱……"

三嫂说："妮，死妮，要去你去，我可不去，老丢人哪！"

二姐不再说了，就默默地往前走。 三嫂在后边喊："妮，妮，这就去吗？ 你就这么去？！ ……"

天大亮了。 二姐头前走着，身后散散地跟着一群垂头丧气的画匠王村人。 没有鼓乐，也没有鞭炮，二姐就这么步行去了。 她穿着那身湿漉漉的红衣裳，红衣裳在凉凉的晨风中张扬着，像是生命的旗帜，在漫漫黄土路上行进着，很孤独地飘扬。

后来，那赶车的老汉流着泪对三嫂说："侄媳妇明大义呀！"

五

姥姥去世的时候，二姐已经嫁过去三年了。

在这三年时间里，二姐没有进过一趟城。 逢年过节的时候，二姐就差姐夫来看一看姥姥。 那时姥姥已来城里住了。姐夫每次来从没空过手，或是一兜鸡蛋，十斤白面；或是一包点心，二斤芝麻什么的，实在没什么可拿，就烙几块油馍兜着。 姐夫来了，姥姥总要问："妮咋不来？"姐夫便说："忙呢。"母亲说："忙啥，地都净了，还忙啥？！"姐夫说："白日里一摊子活计，夜里浇地呢。 浇一夜两毛钱，她不舍那钱。"母亲气了，就说："叫她来，没钱我给她！"可二姐还是没来。

有一次，我在路上碰上了二姐。 她跟姐夫上山拉煤去了，从城边路过却没有进城，硬是从城关绕过去。 三年不见，我几乎认不出她了。 二姐头发披散着，一脸煤黑，裤脚高高地挽着，腿上的血管一条一条地暴出来，整个看上去就像一段枯枯的树干。 我不禁怔住了，赶忙拉她上家。 她硬是不去，说："兄弟，不去了。 看俺这要饭花子样儿，丢大姑的人。"二姐还是走了。 姐夫驾着车，二姐拉着襻绳，在暮色里，就见二姐背上那块地图样的黑色汗斑……

那是怎样的苦做呀！ 从二姐身上已看不到年轻女人的影子了。 听画匠王村人说，没有见过这么能干的女人，也没见过这么狠的女人。 夏天里二姐在地里割麦，曾经拼倒过八个精壮的汉子！ 别人割麦一人把六垄，她一人竟把十二垄，头一扎进地里就再也不出来了，就那么弯着腰一镰一镰地割下去，无休无止地割下去。 还听说她游过街，为养鸡游过街。人们让她在村街的碾盘上站着，她就站着，直直地站了一响。 可下了碾盘，她竟又去赊了十二个鸡娃娃。 村干部说："怎么还喂？！"她说："还债呢，还债。"干部摇摇头，说她聋，也就罢了。

姥姥是腊月里过世的。 姥姥临咽气前曾反复地叫着二姐的名字。 母亲赶忙打发人去叫她。 可是，待二姐赶到医院的时候，姥姥已经咽气了……

按照乡间的习俗，姥姥是送回故土安葬的。 回到乡间的那天夜里，一家的亲戚都坐在姥姥的身边守灵。 半夜时分，我熬不住就躺在姥姥的身边睡了。 突然我听到了哭声！ 睁眼一看，"长明灯"忽悠忽悠的，竟是二姐在哭。 二姐哭着哭着就不哭了，一家人都怔怔地望着她，只听母亲惊慌地说："下来了，下来了！"

二姐"下"来了。 二姐盘膝正襟端坐在姥姥的灵前，一副灵魂出窍的样子，忽然就说起话来。 二姐竟用老人那种庄严、肃穆的口吻，像"先人"一样地缓缓诉说久远的过去，诉说岁月的艰辛……那话语仿佛来自沉沉的大地，幽远而凝重，神秘而古老，一下子慑住了所有人的魂魄，没有人敢去惊动二姐。 母亲一向胆大，可这会儿也蒙了，只是呆呆地听……直到鸡叫的时候，二姐说："我走了。"于是，"先人"就走了。

多年后，在我的记忆里仍然留存着那晚的印象，因此我无法说清世界上究竟有没有魂灵。 虽然后来我问过母亲，母亲说是老祖爷的魂儿扑到二姐身上了。 可老祖爷的魂儿为什么会扑在二姐身上呢？ 或许，在冥冥之中真有一种神秘的磁场，这磁场可以跨越阴间阳世，那"先人"的魂灵就借着二姐的躯壳返回阳世，借二姐的嘴传达出他的神性意旨。 或许，是二姐过度的悲伤造成了精神的混乱，这混乱便产生出幻觉。

第二天，当人们纷纷议论二姐如何"下"来的时候，二姐却一切如旧，没有些微的神经失常。 她先是坐在姥姥的遗体前一遍一遍地用温水给老人擦脸，极小心地把皱纹中的污痕拭去。 而后又跪在姥姥跟前，把姥姥苍苍的白发重新梳理一遍，梳得很亮很亮，梳着梳着就有泪下来了。 待入殓时，二姐就跪在一旁，一声声喊着："奶，躲钉吧。 奶，躲钉吧……"

母亲是极注重形式的，一切都按乡间的礼俗来办。 可二姐比她更注重形式，"牢盆"上的"子孙孔"几乎全是她一个人钻的。 别人钻了，她总嫌不圆，还要再钻，直到一个个孔都圆了为止。 钻了"牢盆"，她又去糊"哀杖"，糊得极其认真。 倏尔，她郑重地走到母亲跟前，说：

"大姑，我给俺奶写（请）一班响器吧？"

母亲瞪她一眼，说："咋，你老有钱？ 不写。"

二姐是很怕母亲的，可她却重复说："大姑，我给俺奶写班响器。"

母亲说："不写。"

为安葬姥姥，按乡间的礼俗，母亲已经请了一班响器了，就不想让她多花钱。 况且，在那种时候，请一班响器已是很冒险了。

二姐没再说什么，就默默地走出去了。 大约二姐很想做人，她在兜里摸了很长时间也没摸出钱来，就悄悄地把姐夫拉到一边，让他回去借，不准在这儿借。 姐夫吭哧了一会儿，还是去了。

半晌，门外的国乐响起来了，不是一班，而是两班，二姐硬是花了三十块钱又请了一班，与母亲花钱请来的一班对吹！ 引了许多村人围着看。

姥姥的葬礼开始时，母亲与二姐为响器的事反目了。 母亲怒冲冲地说："谁让你叫的？ 谁让你叫的？ 一点儿话都不听！ ……"

二姐一声不吭，以沉默相抗，那沉默里含着强烈的倔强。 姐夫缩缩地蹲在地上，更是不敢吭声。

下葬的时候，二姐趴在姥姥的坟上哭得死去活来，许多人去拉，她都不起来……

当天夜里，办过丧宴后，母亲沉着脸从兜里掏出三十块钱递给二姐："拿去吧。"二姐不接，说："大姑，俺再穷，也是奶把俺养大的，写班响器都不该吗？"众亲戚也劝道："妮，拿住吧，你日子过得紧巴……"二姐还是不接。 母亲气了，把钱摔在地上，站起就走。 二姐默默地把钱拾起来，重又塞到我的兜里，硬是没有拿。

母亲是很固执的人，这件事在她心里留下了很深的裂痕。 她常常有意无意地在亲戚面前诉说二姐的不是，说她犟。 后来，二姐生孩子的时候，差人送来"喜面"，可作为大姑的母亲，竟没有去！ 只打发妹妹送去了礼物。 这在很重面子的母亲来说，是很少有的事情。

妹妹回来时，母亲问："孩子胖吗？"

妹妹说："胖。"

"你姐身体好吗？"

妹妹说："脸蜡黄，可瘦。 就那又下地干活了。"

母亲咬着牙说："好得死吧！"

母亲愣了一会儿，又差妹妹送去了一篮鸡蛋。 回来时，姐姐却又回了一篮子红柿。 母亲看见那红柿就恨恨地骂道："死妮子！"

此后，在母亲与二姐之间，这种"精神仗"打了许多年，可母亲似乎总也胜不了二姐。 二姐一年四季都去给姥姥上坟。 逢年过节，二姐总要割块肉到姥姥的坟上去祭。 烧一把黄纸，磕几个头，总是很认真地说："奶，今儿过节哩，拾钱吧。"在那个没有了亲人的村子里，姥姥的坟总是添得最大。

六

我夜里时常做梦，梦里出现的总是那片灰蒙蒙的土地，土地上长着两株黑色的穗儿。 在梦中我知道，那穗儿就是二姐的眼睛。 醒来后我又觉得可笑，也许是我的记忆联想产生了错误。 记得童年时二姐曾带我去掐"麦佬"，二姐说："那黑穗穗儿就是麦佬。"于是我记住了麦佬，却记不住二姐的眼睛……

二姐十年里只进过一趟城，那是我结婚的时候。

我是腊月里结婚的。 结婚时本应通知二姐，可母亲说，二姐的日子过得艰难，人又撑得极大，别再让她花钱了。 于是就没有通知二姐。

谁知，腊月二十三，就在我结婚的前一天，二姐竟来了。 这是二姐出嫁后第一次进城串亲戚。 可以看出，二姐为进这趟城，曾经长时间地准备过。 二姐是拉着架子车来的，车头上挤挤地坐着三个孩子，车里却赫然放着一扇猪肉。 听姐夫说，得信儿晚了，来不及置办什么，二姐就连夜央人把辛辛苦苦喂了一年的肥猪杀了。 二姐的礼太重了，重得叫母亲无言。 二姐站在母亲面前，笑着说："大姑，我看你来了。"母亲却故意嗔着脸说："看我干啥，我还没死哩，你别来看我。"二姐显然没听见母亲的话，就把孩子一个个扯到母亲面前，说："叫姥姥。"三个孩子高高低低地在母亲面前排着，小脸红扑扑的。 孩子们全都穿着崭新的蓝布衣裳，连戴的帽子也是蓝的，一色的斜纹蓝，二姐和姐夫竟也穿着一身崭新的蓝。

这支蓝色的小队在接受母亲的目光的"检阅"。 十年了，整整十年，二姐没有进过一趟城。 现在她来了，带着一个蓝色的小队……这不由使人想起十年前二姐相亲的那天晚上，来相亲的姐夫也是穿的一身蓝，然而那套"行头"却是借人家的，从上到下都是借的。 这会儿二姐带来了自家的"蓝色"，那衣裳显然是一块布料剪出来的，一针一线都是二姐缝织的。 为穿上这一身蓝，二姐不知耗费了多少心血！

母亲也被这宣言般的"蓝色"镇住了。 她的手摩挲着孩子的头，目光却望着二姐。 二姐依旧很瘦，颜色黄黄的，但精神很好，头发梳得很整齐，脸上透着喜庆，只是额头上的皱纹太重了，一重一重的，鬓边竟有了白发！ 那笑也很疲倦，是硬撑出来的。

母亲把二姐拉到隔壁的房间里，大声说："妮，别太撑了，别撑了！"

二姐说："没称，自家用的，还用称吗？"

母亲骂道："死妮子呀，死妮子！"

二姐笑了："大姑，到乡下住几天吧。 我喂了十几只母鸡呢，天天给你打鸡蛋……"

母亲没话说了，叹了口气说："多住几天吧，好好养养身子。"

二姐说："老大上学了，二年级，叫钢蛋。 老二叫铁蛋，也快了。 小三叫平安，可能吃呢……"

母亲摇着头说："怎么就瘦成这样呢？"

二姐一拍手说："兄弟媳妇呢？ 得叫我看看新媳妇呀！"

母亲大声说："还能不让你看吗？ 明儿就来了。"

二姐说："忙呢，俺赶黑还回去哩。"

母亲发火了："忙，忙，成天就你忙！ 忙就别来呀？！"

二姐笑笑，就又不吭了。

吃罢午饭，我把妻子叫来了。 妻是城里长大的女人，城里长大的女人都有一种先天的优越。 她进门是带着笑的，但我看出那是一种敷衍的笑，笑得很勉强，没有甜味。 我介绍说："这是乡下来的二姐……"

妻点点头，仍笑着，没有话。 她平时话很多，这会儿却没有话。 她的目光巡视了"蓝色小队"，那优越就暗暗从眼里溢出来。 是的，那蓝斜纹布在城里已不时兴了，她看到的是很土气的乡下人。 可她哪里知道，那"蓝色"是二姐十年辛劳的宣言哪！

二姐一向待人亲热，她跑上来拉住妻的手说："多好啊，高挑挑的，多好！"

妻的鼻子却微微地耸了一下，身子往后撑着，说："你坐，你坐。"

二姐一点不觉，欢欢地说："不忙。 秋收了，麦种上了，光剩拉粪、捡烟这些零碎活儿了……"

妻子很勉强地说："哦，哦……"

二姐说："啥时到乡下去玩玩，恁一块去。 我给恁擀豆面条，烙柿饼馍馍吃。"

妻子又应付说："哦，哦。"

二姐说："不麻烦，一点儿也不麻烦。"

我暗暗地捅了妻子一下，希望她能待二姐热情一些，二姐不是一般的亲戚……然而，妻子却突然贴近我的耳畔，悄悄说："看见了吗，她身上有虱，在衣领上爬呢！"

我没有吭声。我装着什么都没听见的样子，继续跟二姐说话。一边说话一边逗小三玩，想借机转移妻子的注意力。

可是，妻子却以为我没有听见，那目光仍斜斜地望着二姐的衣领，一直跟踪下去。片刻，她又一次贴近我的耳边，急煎煎地小声说："她身上有虱！"

我狠狠瞪了妻子一眼，仍旧不吭。二姐是很要面子的人，我不能让二姐看出来。妻子没下过乡，不知道乡下日月的艰辛，因此她很看重"虱子"，她不知道"虱子"是靠汗水来喂的。

城市女人的浅薄是无法想象的。妻子在我的暗示下虽然有所收敛，可她那游来游去的目光却不由得依然停在二姐的衣领上，看那匹"虱子"的蠕动……

我站起来。我站起来挡住了她的视线，以免使二姐难堪。可妻就像得了心病似的，也跟着站了起来，嘴一张一张的。我说："你走吧。"

终于，出门之后，她还是忍不住地说："她身上有虱！晚上别让她在这儿住。"

我的头"轰"地一下大了，我很想给她一巴掌，狠狠地给她一巴掌！我知道城市女人一向都用肉体的眼睛看人，而从来不会用心灵的眼睛去看人，因此城市女人的眼里没有温情和体谅，更没有厚道和宽容，只有刻薄和挑剔。 我不知道应该跟她说点什么。 我很想说说二姐送来的猪肉，可她不会理解，她不知道在乡村里一扇猪肉意味着什么。 我很想说说我的童年，告诉她我小时候就是很脏很脏的小脏孩，生满虱子的小脏孩，那时，我的每一条衣缝都是二姐用牙咬过的，因为虱子太多！ ……

可我什么也没说，对"城市"我无以诉说。 妻的心不坏，可她不懂，永远不懂。

二姐没有参加第二天的婚宴。 她坚持说："家里还忙呢。"执意要走。 家里人都劝她留下来，母亲发了很大的脾气！ 好说歹说，总算把三个孩子留下了，可她和姐夫还是走了。

晚上吃饭的时候，钢蛋说："俺妈说了，夜里不叫喝汤（吃晚饭）。"

母亲问："为啥不叫喝汤？"

钢蛋说："铁蛋、平安光尿床。 妈说，城里姥姥家的床干净，尿上了要打屁股！"

母亲说："吃吧，姥姥让吃，尿上了也不打屁股。"

可三个孩子竟不肯吃，硬是饿了一晚上。 气得母亲直骂！

后来听街坊说，那晚二姐并没有走，她和姐夫趁晚上的工夫淘粪去了。 他们是拉着满满一车粪回去的。

七

　　我怀恋乡村里的点心匣子，那种摆在乡村集市上的马粪纸做成的点心匣子。

　　在乡村的集市上，每每会看到一群一群的乡下女人蹲在那儿卖点心。那点心匣子有浸了油的，也有没浸上油的，匣子上的封贴都很精彩。那时我自然就会想起二姐，就觉得二姐也在那儿蹲着，面前摆着花花绿绿的点心匣子，等人来买。是的，我记住了乡村里的点心匣子，却没有记住二姐的脸。

　　乡下人一般是不吃点心的，乡下人的点心都是串亲戚用的。过节或逢会的时候，就见乡人一群一群地提着点心来串亲戚，那提来的点心必然是带匣的。乡下人买点心并不看重点心的质量，而是看匣子，只要匣子上的封贴是新的，匣子没油浸的痕迹，就买。买了还是串亲戚用，没有人吃，不舍得吃。亲戚家送来的点心，就一直搁房梁上挂着。那点心或许放了一年，或许放了半载，待有了出门的时光就再送到亲戚家去。也有的一送来就提到集市上卖了，卖的价自然很低，换一月的盐钱。还有的就这么一直串下去，点心匣子在一家一家的亲戚中转，转到最后，又转回来了，打开来看，点心早已风干，就只剩下了匣子。到了这时候，点心自然倒掉。匣子若新，就还留着。在二姐家的房梁上就挂着这么一串点心匣子，匣子旁边是一个竹篮，竹篮里放的是点心，竹篮外面挂的是空匣子。 匣子和点心分开放，是怕点心油了匣子。

二姐家的钢蛋十五岁的时候，偷吃过竹篮里的点心。 那时他很好奇，很想尝尝点心是什么滋味，就趁家里没人的时候偷偷爬到梁上，把竹篮里的点心吃了。 后来他说那点心是甜的，里边有小虫儿，小虫儿很香。

待二姐串亲戚的时候却发现点心没有了。 她先把匣子取下来，一只只摆好，然后再装点心。 可一取竹篮，就发现竹篮空了。 于是很火，亲戚也不串了，把孩子一个个叫过来审。

钢蛋说："我没有吃。"

铁蛋说："我没有吃。"

平安也说："我没有吃。"

三个孩子都不承认，二姐就让他们在当院里跪下，老实说了才能站起来。 二姐那是一只"气死猫"篮子，"老鼠进不去，猫也够不着，不是你们馋嘴是谁？"

三个孩子在院里跪了一个时辰，跪着跪着平安哭起来了。 这时钢蛋说："是我吃了。 叫他们站起来吧，是我偷吃了。"

二姐气坏了，说："你咋这么馋呢？ 就你大，就你不懂事。 你不知这点心是串亲戚用的？ 在你老姥姥那儿，无论多金贵的东西，放一年，放十年，搁在眼皮底下我都不动，咋托生个你？！ 打嘴！"

钢蛋就打自己的嘴。 打了十下，把脸都打肿了。

二姐问："记住了没有？"

钢蛋噙着泪说："记住了。"

三年后，钢蛋当兵去了。 临走那天，二姐知道钢蛋好吃点心，就背着铁蛋和平安把放点心的竹篮取下来让他吃。 钢蛋没吃。 钢蛋说，点心留着串亲戚用吧。 钢蛋还说，等当兵回来，上北京捎几包好点心。 那好点心不串亲戚，自家吃，让家里人好好尝尝……

就在钢蛋参军的第二年，县民政局的人突然到乡下来了。 县民政局的人提了五匣点心来到了二姐家，一进门就很客气地说：

"老嫂子，我们的工作没有做好。 很早就想来看看你们，一直没空来……有照顾不到的地方，您多批评吧。"

那会儿二姐才四十来岁，还不算老，可在公家人眼里已是很老很老了。 二姐正在院里拾掇玉米呢，玉米刚从地里拉回来，就赶着剥，好挂起来晒，怕捂了。 二姐看见公家人提着礼物来了，就慌慌地让他们上屋里坐。 待民政局的人坐了，二姐一边剥着玉米，一边听他们说客气话。 民政局的老马说："老嫂子，王钢蛋同志在部队表现很好，一直积极要求进步，还立了功呢……"

二姐就说："别叫他回来，俺也不去搅扰他，叫他好好进步吧。"

老马说："王钢蛋同志入伍第一年就当上了班长，一直是吃苦在前……"

二姐说："不缺，家里啥也不缺，叫他别操心家里。 咱庄户人没别的，有力，叫他别惜乎力。"

老马说："王钢蛋同志一心为国，从不计较个人得失……"

二姐说："可不，玉米还湿着呢，晒干了好交秋粮。 这是玉米种，得单打单晒，金贵着呢。"

老马一时不知说什么好，就没话找话说："老嫂子，今年、今年收成不赖吧？"

二姐手剥着玉米，眼一洒就落在点心匣上了。 她说："来就来了，还花那钱干啥。 咋能让公家花钱哪？ ……到底是城里点心，那匣多好！"

众人就看那点心匣子。 看了，默然。 片刻，老马从提包里拿出一套新军装，缓缓地说："王钢蛋同志……"

二姐说："这孩子，还叫人捎回来一套衣裳。 不叫他挂家，他还挂家。 真不主贵！ 恁拿去穿吧……"

老马愣住了，民政局的人也都愣住了，不知往下该怎么说才好，就默默地抽烟。 抽了一会儿，老马嗫嚅道："老嫂子，组织上……"

二姐说："不怕恁笑话，俺缺人手，日子也紧巴一点儿，日子紧巴主要是想省钱盖房子。 这会儿乡下说媳妇得先有房子。 俺想趁他在队伍上的时候给他说房媳妇，在队伍上媳妇好说一点儿。 这会儿先别给他说，等盖了房子再说。 今年雨水大，烟没长好，乡下全靠这一季烟哩，要不就盖了……"

民政局的人不吭了，都望着二姐剥玉米的手，默默地盯着看。 看了，就觉得不像人的手……而后又看自己的手，看了，就再没说什么。

后来民政局的人在地里找到了姐夫。 姐夫在地里拉玉米呢，车装好了，就遇上了民政局的人。 姐夫说："来了？"

民政局的人勾着头说："来了。"

往下就站着，默默地站着……姐夫就蹲在车杆下哭起来了，手捂着脸哭。

姐夫把那车玉米从地里拉回来天已黑透了。 二姐帮他卸车，二姐说："咋恁晚？ 天都黑透了。"

姐夫没吭声。 他揉了揉眼，没吭声。

二姐又说："县上的人来了，说钢蛋进步了，还拿了五匣点心……"

那晚，二姐吃得很多，姐夫吃得很少。 二姐看看馍筐说："累了？ 累了就早歇吧。"

姐夫就早歇了。 二姐一个人坐下来剥玉米，一直剥到半夜。

半夜的时候，油灯忽悠了两下，灭了。 二姐忽然就站了起来，站起就往外走。 她怔怔地走出家门，走出院子，一步一步地向外走去。 夜很淡，大地灰蒙蒙的，月光像水一样泻在树上，撒一地斑斑驳驳的小白钱儿，二姐的脚跳跳地踩着小白钱儿走，走得很邪。

等姐夫从家里追出来的时候，就见二姐独自站在寂寂的旷野里，像疯了似的大声喊：

"钢蛋——！"

"钢蛋——！"

"钢蛋——！"

喊了，她又顺原路慢慢走回来。路上，依旧是踩着斑斑驳驳的小白钱儿走，跳跳的。回到家，又原样坐下来剥玉米，一直剥到天明……

次日，二姐好好的，一切如常，像是并不记得昨晚的事儿。她看见民政局拿来的点心匣子油了，就赶忙拿到集市上去卖。开初她打算一匣要一块钱，可在集市上蹲了半晌没人要。后来有人看了看匣子说："油了，九毛吧？"二姐说："新封新匣，你看看？"人家不看，摇摇头去了。又有人看了看，说："八毛吧？"二姐说："新封新匣呀！"人家比个手势，说："油了，你看油了。八毛吧？"二姐说："你随意给。城里的点心，你随意给吧。"人家就掏了四块钱，提走了那五匣点心。

就在二姐卖点心的时候，姐夫被民政局的车接走了。

这时，村里人才知道钢蛋在边境上牺牲了。钢蛋虚岁十九，头年三月去当的兵，走时高高兴兴的。

村人都说二姐没福，钢蛋刚能接住力就走了，走了就不再回来了。

这事儿一直是瞒着二姐的。 去集市上卖点心的时候，二姐见了人还说："俺钢蛋进步了……"

却不料，年底的时候，那五匣卖了的点心竟又转回来了。 二姐不记得是哪家亲戚送的，姐夫也记不得了。 可二姐认得那匣，那匣上油了一块……

过罢年，二姐又提着那五匣点心到集市上去卖。 她从早晨蹲到中午，竟没一个人问价。 于是二姐又把点心提回来，挂在了房梁上……

后来姐夫进城来说了这事儿，说得母亲流了满脸泪。 母亲说："不能说，别给她说。 这事儿太邪了，叫她进城来住几天吧。"

姐夫说："忙呢。"母亲说："忙啥，叫她来。"

姐夫回去说了，可二姐没有来。

八

是呀，我怎会忘了那台织机呢？ 忘不了的，忘不了。

那年冬天，我到乡下去看了二姐。

我是在坯场里找到二姐的。 家里没人，我就顺着村路转悠。 远远，就看见坯场里竖着一排一排的坯架，在坯架中间的空地上，有一个晃晃的人影在动。 我不知道那是谁，也看不清那人的面目。 待走近些，我看见那人正弯腰蹲在一大堆和好的稀泥前摔坏呢。 那人的一张脸全被乱发遮住了，身上斑斑点点的全是泥巴，两条细腿杆儿一样戳在地上，朝天撅着一个土尘尘的屁股。 腰像弹簧一样就那么一弯一直地很机械地动着。 直到走到跟前，我才认清，那的确是二姐。 只见二姐被汗淹了，被黄尘淹了，也被那机械的劳作淹了，乍一看简直像一个黄色的幽灵！ 在那一刹那，只觉得眼前的天是黄的，地是黄的，风是黄的，树是黄的，一架一架的土坯更是黄的，一个黄荡荡的世界在旋转！ 在这个黄荡荡的世界里没有人，也没有声音，只有土坯。 土坯是活的幽灵，一架一架的土坯都在无声地动……

我不得不问自己，这是女人吗？ 这是乡村里的女人吗？没有人回答。

我默默地弯下腰去，抓住二姐手里的坯斗。 二姐诧异地抬起头来，乏乏地笑了。 二姐本想起身，却一屁股瘫坐在地上，徐徐地吐了一口气，缓声说："兄弟来了，上家吧。"

我看着疲惫不堪的二姐，比画着手势用眼睛跟她说话。我问：姐夫呢？ 她说："我打发他到煤窑上做合同工去了。农闲的时候，我一人在家就行了。"我说：歇歇吧，你该歇会儿了。 她说："不累。 力是奴才，不使不出来。"我又问：打了这么多了，还不够吗？ 她说："一万了，还差得多呢。"说着，她望了望天，"天还早呢。 要不，你坐一会儿，等我把这堆泥挖完，咱就回去。"我抢过坯斗要打，二姐拽住坯斗说："你不会，兄弟，你不会。 走了这么远的

路，你还是歇歇吧。"我拗不过二姐，就松了手，站在那儿
看二姐打坯。

二姐的劳作十分艺术。她蹲在那儿，两只手像切刀似的
在泥堆上挖下俩蛋泥，"唰、唰"两下摔进坯斗里，而后顺势
用力一抹，坯斗里的泥就抹平了，动作是那样地快捷准确。
然后二姐的腰像弹簧似的弓起来，扭身儿走上两步，那坯斗
"咚"一下就扣在地上了，扣出来的土坯光滑平展，四角四
棱的。倏尔，我在土坯上看到了二姐的指纹，那"斗"那
"簸箕"清清楚楚地印在上面，泛着甜甜的腥味……在那腥
味的刺激下，整个坯场都活起来了。那温馨和甜蜜从一排一
排的坯架上溢出来，漾着很浓很浓的家的气息；而那机械的
打坯动作一下子就变得很生动，很天然，像诗一样地活鲜鲜
地从坯斗上流了出来，惹人激动！

在回家的路上，二姐告诉我，房子已经盖了两所了，村
头一所，村尾一所，这要盖的是第三所，盖在老宅院里，到
时候，那老屋就扒了。二姐说，乡下没房子娶不来媳妇。
这三所房子，三个儿子一人一所，娶三房媳妇，到那时候老
东西就没地方住了，只有睡草屋了……二姐说着说着笑了，
脸上绽开的皱纹欢畅地舒展开去，脸就很生动地亮了。

晚上，吃饭的时候，二姐特意给我烙了油馍，煎了鸡
蛋。可她吃的还是黑面饼饼，饼里卷着两棵小葱，吃得很香
甜。她说："我爱吃饼子。"可我看出来，二姐家的饭是分
了三种的（她把姥姥家的传统带来了）：我吃的是油馍（油

馍是乡下人待客的饭食），孩子们吃的是白面烙馍，只有二姐一人吃黑面饼子。 她一生都吃着黑面饼子。

我抬起头来，一下子就看见了挂在房梁上的点心匣子，空空的点心匣子。 竹篮还在呢，点心匣子还在呢，钢蛋却不在了……我不敢往下想，赶忙低头吃饭。

吃过晚饭，就见二姐走马灯似的屋里屋外忙着，刷锅刷碗、喂猪喂鸡……待一样一样都忙完了，天已黑透了。 这时，二姐连口气都没喘，就又掌上灯，一盏小小的油灯，在那架老式的织机前坐下，"哐、哐"地织起布来。 她织的是一种花格子土布，织好就在乡下卖。

我坐在二姐铺好的床铺上，静静地看二姐织布。 二姐背对我坐着，我只能望见映在墙上的一个巨大的黑影儿，黑影儿里跑着一个梭子，那梭子像鱼一样来回游着，"哐"一下东、"哐"一下西，"哐"一下东、"哐"一下西，一下一下扯着我绵绵的思绪……

我知道这架老式织布机是姥姥的遗物。 姥姥死后，二姐就把它拉来了。 它已是很古老了。 听说姥姥的姥姥在上面坐过，姥姥的母亲在上面坐过，姥姥又在上面坐过……现在是二姐坐在上面，继续弹那"哐、哐"的声响。 那声响很单调也很陈旧，细听去还有哑哑的"吱扭"声伴着，就像一个浑身疼痛的老人在呻吟。

慢慢，就觉得有什么流过来了，缓缓地流过来，把那"哐"声像穿珠儿一样地连缀在一起，就有了圣歌般的肃穆。 那音韵哑哑的，仿佛老人一边在唱摇篮曲，一边轻轻摇拍着婴儿。 那和谐从一下一下的节拍中溢出来了，欢欢地、温柔地跳动着……

有时候，那"哐"声突然住了，很久很久地住了。 这时夜就变得异常的静，沉闷一下子落下来，重又砸在焦虑的心上，叫人躁。 就见二姐这里动动，那里动动，"哐"声又接着响起来了。

夜深了，那织机还在"哐、哐"地响着。 我闭上眼睛，试图在那陈旧的"哐"声中寻出一点什么来。 有一刻，我似乎感觉到了什么，我看见姥姥坐在上面，我看见姥姥的母亲坐在上面，我看见姥姥的姥姥坐在上面……而后一切都向后退去，退向久远。 我觉得快了，就要捕捉到什么了，那神秘的切望已久的东西就要出现了。 于是，我一下子激动起来，集中全部的心智去谛听。 可细细听，却又什么也没有捕捉到，仿佛一切都在瞬间消失了。 只有循环往复的"哐"声，单调乏味的"哐"声。

睡着，睡着，夜又静了，忽然就听不见那"哐"声了。 蒙胧中睁开眼来，就见墙上映着一个巨大的黑影儿，那黑影儿俯在织机上，晃晃地动着，动着……片刻，那"哐"声就又响起来了。

我在"哐"声中重又睡去。 睡梦中，我看见了一个巨大的时钟，那时钟高挂在黑影儿里，时断时续地响着……

天快亮时，一声巨响把我惊醒了。 那一声巨响如同房倒屋坍一般！ 只听得"咕咚……"一声，我赶忙从床上爬起来，却见二姐怔怔地蹾坐在地上，那架老式织布机不见了……

那架古老的织布机整个散架了！ 映在眼前的是一堆散乱的旧木片，七枝八杈地碎在地上，扯着还没织完的花格子布。 那堆散乱的旧木头里，有一群一群的臭虫爬出来，黑红的臭虫蠕动着肥肥的身子，慌慌地四下逃窜。

二姐坐在那堆碎木片跟前，人就像傻了一样，一动不动地坐着。 久久，她才喃喃地说：

"散了。"

"散了"，我听见二姐说"散了"。

我也愣愣地望着那架织机，那架事实上已经不存在了的织机。 我盯着那堆碎木头，在那残乱的织机碎片上，凡是手经常触摸的地方都闪耀着乌黑的亮光，那是浸透血汗的亮光，看上去很亲切，泻着一片片光滑。 我弯下腰去，拾起一块饱喂血汗的木片，把那光滑处贴在脸上，就有了凉凉的感觉。 我即刻闻到了一股腥味，甜甜的腥味。 不知怎的，那腥味仍然让人激动！

二姐慢慢地站了起来，就站在那架老式织机的前面。 在她眼里，似乎织机仍在那儿架着，高高地架着。 她的眼睛长时间地望着那空荡荡的地方，就那么盯着看了很久，才缓缓地、缓缓地落下来，落在那堆残破散乱的织机碎片上……

她说："散了。"

而后，二姐像突然醒了似的，匆忙在那堆织机碎片中扒起来。她把织了半截的布捆起来丢在一旁，又把散乱的旧木头一块一块捡出来扔在一堆，眼四下寻着，像是找什么重要的家什。她一边找，一边自言自语地说："梭子呢？梭子呢？"

织机散架了，找"梭子"有什么用呢？

看她那急切的样子，我没敢多问，就也蹲下来帮她找。我把她翻过的破木头又重新翻检了一遍，还是没有找到。

二姐仍不死心，又在屋里四下跑着找。床下边，面缸后……该找的地方都找遍了，仍然没有找到。

二姐说："刚才还在手里呢，怎么就找不到了呢？"

天大亮了，二姐没找到"梭子"。

九

二姐死了。

二姐是猝死的。

二姐死在猪圈里。

春上，二姐家的母猪快生崽了，二姐怕人偷（村里的猪、牛常常被偷），就睡在猪圈里看着。有很久了，她夜夜睡在猪圈里。那天夜里，老母猪哼哼了一夜。天亮的时候，老母猪一窝生下了十二个猪娃儿，二姐却死在了猪圈里。大概二姐是给母猪熬过一锅米汤后死去的，盛米汤的盆子就放在老母猪跟前。 二姐还给生下的小猪崽擦洗了身子，一个一个都擦干净了，二姐就猝然倒下了，手里还抓着一块破布……

等我和母亲匆匆赶来的时候，二姐已经躺在灵床上了。二姐静静地躺在灵床上，头前放着一盏长明灯。 看上去她像是刚刚睡熟，身子很自然地伸展着，两只手很松地撒开去，仿佛该做的都已做完，也就一无遗憾地睡去了。

二姐死时没有痛苦，她是在宁静中带着微笑死去的。 那一丝淡淡的笑意从嘴角处牵出去，因此嘴角处有一点点歪。那微曲的笑纹一丝丝牵动着二姐脸上的皱纹之花，那皱纹之花就很舒展很灿烂地开放了。 于是那睡去的脸庞看上去很亮，很幸福。 母亲给她洗脸的时候，试图抹去那有一点点歪的牵在嘴角处的微笑，可是没能抹去，那微笑依然挂在二姐的嘴角上，带着一点点乏意，一点点甜蜜，一点点光亮……

二姐死后，母亲翻检了她所有的衣裳，企望着能找一套新的给她换上，可母亲没有找到，她的衣裳全是打了补丁的。 母亲叹口气，赶忙打发人去做。 母亲说，二姐辛劳一生，要里外全换新的，让她干干净净上路。

那天夜里，我坐在二姐的遗体前为她守灵。 半夜的时候，我企望着油灯再忽闪两下，企望着二姐能下来，在她走入阴世前再"下来"一次，给我讲一讲先人的过去，可二姐没有"下来"……

二姐是三天后安葬的。 她的棺材是桐木做的。 姐夫在村人的帮助下伐了三棵桐树，那桐树是二姐嫁过来那年栽的，每棵都有一抱多粗，现在又要随二姐一块到地下去了。

钉棺的时候，姐夫哭得死去活来，他后悔不该去煤窑上，后悔不该……然而，却没有人喊"躲钉"。按照乡间的习俗，"躲钉"的话应该由下辈人来喊的，可二姐的两个儿子都不在跟前，也不知忙什么去了。于是就没有人给二姐喊"躲钉"！

村人们说，这是多大的失误啊！没有人喊"躲钉"，二姐就被钉进棺材里去了，连肉体带灵魂一同钉进去了，二姐就不能够升天了……真的不能吗？

二姐的葬礼十分隆重。起灵的时候，哭声震天！全村的老辈人都来给她送葬了。人们流着泪说，没有见过这么能干的女人，她不该去呀！她才四十七岁，怎么就去了呢？

那天刚下过雨，送葬的队伍在黄黄的土路上缓缓行进。引魂幡像雪片一样"哗啦啦"在空中飘着，两班响器吹奏着凄婉的哀乐。可二姐的魂灵在哪里呢？二姐的魂灵……

当送葬队伍来到村口的时候，空中忽然出现了一群一群的蜻蜓。蜻蜓在二姐的棺材上空密匝匝地盘旋着，一会儿飞上，一会儿飞下，竟眷恋着送葬的队伍，久久不去……

我看见了蓝蓝的天，我看见了黄黄的路，我看见精灵似的蜻蜓在蓝天与黄路之间飞翔、起舞。难道二姐的魂灵化成了蜻蜓吗？不会的，不会。我知道二姐被钉住了，她被钉进棺材里去了。

走向墓地的途中，我没有哭，我哭不出来。 我不知道我为什么竟哭不出来。 在我的一片空白的意识中，仿佛仍是二姐牵着我的手在走，一踏一踏地走。 我似乎又听见二姐在我的耳畔说：

"兄弟，别怕。"

进了墓地后，我才有了死亡的恐惧。 我看到了一座一座的坟丘，漫向久远的坟丘。 那坟丘排列着长长的大队，没有姓名标记的大队，那是走向死亡的大队。 我看见十六条大汉把棺材放进那个早已挖好的土坑里，而后是一锨一锨的黄土抛撒在上边，发出"噗噗"的声响。 一会儿工夫，那棺木就不见了，只剩下了一抔黄土，一抔新湿的黄土。

周围全是哭声，哭声在袅袅上升的焚化纸灰中飘荡。 我在哭声中追寻二姐的生命，我又一次听见二姐说：

"散了。"

埋葬了二姐后，我独自一人在田野里游荡。 春风凉凉的，鸟儿在枝头叫，可我却无法排遣心中的孤寂。 我看了二姐承包的十亩地，土地上种着小麦和早玉米。 小麦一片油绿，早玉米刚出齐苗儿。 在每一条田埂上，我追寻着二姐的足迹。 我看到了二姐新打的田垄，田垄上留着二姐的脚窝；我看到了二姐新打的菜畦，菜畦里留着二姐的锄痕；我闻到了二姐长久呼吸过的空气，空气里弥漫着湿湿甜甜的芳馨……

可二姐你在哪儿呢？ 我的二姐！

　　我知道这是个充满怨言的时代，世界上到处都是怨言，人人都有怨言。 可我不明白，二姐为什么就没有怨言呢？二姐总是在劳作，一日日地劳作，无休无止地劳作。 那么，二姐的欢乐在哪里呢？ 欢乐？！

　　二姐面对的几乎是一个无声的世界。 她割草的时候听不见铲响，锄地的时候听不见锄声，在树下听不见鸟叫，在家里听不见锅碗瓢盆的碰撞……可她什么都看见了，那声音在她心里。 她是最应该大骂大叫的，最应该发一发怨言的，可她没有。 她总是默默地劳作，默默地……她不问活着是为了什么，从来不问。 天下雨了，她承受着雨；天刮风了，她承受着风；那老日头更是一日一日地背着……她为什么不问一问呢，为什么？

　　回到村里，我又看了二姐新盖的三所瓦房。 第一所在村头，那院里已经栽上了树，瓦房却是空的，里边堆放着一些粮食和柴草。 我看出那瓦房的墙是"里生外熟"（里边是坯，外面是砖）的。 大约盖这所瓦房的时候，二姐还没有能力全用砖，只能用一半坯一半砖来盖。 屋宇很大，空气却是生的，没有人味。 我又看了二姐盖的第二所瓦房。 二姐盖的第二所瓦房在村尾，是排在最后边的一所。 一位放羊的老人告诉我，这地方原来是个大坑，这坑是二姐用一车一车的黄土垫起来的。 二姐整整拉了一年土，才把坑垫起来了。如今那里矗立着一所房子，也是瓦房，浑砖盖成的瓦房。 那院里也已栽上了树，瓦房仍是空的……我贴在墙上谛听，想听到一点什么，可我什么也没听到。 我又看了二姐盖的第三所瓦房，那瓦房盖在老地方，是刚刚翻盖的，墙还是湿的，家里人还没来得及搬进去。 三所瓦房是一样的门，一样的窗，一样的屋脊，一样的兽头……这瓦房是二姐为儿子们留下的。 二姐有三个儿子，一个献给了共和国，余下的两个儿子已经长大。 这是中国最普通的一个乡下女人的收获。 那么，二姐一生的欢乐就在这里吗？ 不，不是的。 我感觉不是的。

我又重新查看房子，在每一座瓦房前徘徊，久久地徘徊。 我发现乡村里的房子几乎是大同小异，并没有特别的地方。 于是我走进新房，贴着墙壁一处处看。 倏尔，我看见了二姐留在砖上的指纹！ 有"斗"有"簸箕"的指纹，那指纹是二姐打坯时留下的标记。 那标记一下子使我激动起来，我仿佛看到了温馨的活鲜鲜的人生，诗一样的人生。 那人生在我眼前一闪而过……

难道，难道这就是二姐的生存之谜吗？ 我不知道。

临离开村子的时候，二姐的两个儿子悄悄地跟到了村口。 这时我才发现，已经长大成人的这两个小伙都穿着西装，很皱的西装。 铁蛋和平安脸上虽然还带着淡淡的哀伤，但目光却是坚定的，两人一同说："舅，俺不想在家了，在城里给俺找个事儿做吧。"

我突然觉得什么东西断了，一下子就断了。 我看到了背叛，可怕的背叛。 我知道他们终将会离开土地的。 即使我不帮他们，他们也会的。 我无言以对，只默默地望着他们。

我想问苍茫大地，这是为什么？

大地沉默不语。

何以无边无际？

—— 重读李佩甫《无边无际的早晨》

何向阳

　　《无边无际的早晨》之于李佩甫的创作而言，是处于他的成名作《红蚂蚱 绿蚂蚱》与此后《羊的门》《城的灯》《生命册》所构成的"平原三部曲"之间的。 所以，今天隔了一定时空回头去看，这部小说的位置恰如一个乐曲曲式的中段，既没有起始部的明艳，也没有真正的展开部的平缓，而恰恰突出了两者之间转折的奇崛。

　　这部小说重读与初读的感受是不一样的。 但实话说，我并不太喜欢这个阅读的感受。 它所呈示的批判指向与悲悯指向有着杂糅的混合感，也许它是真实的，但就是这个真实让人不悦。"国"这个人物，作为小说阅读者的我们可以理解，但真的谈不上喜欢。 这是一个——怎么说呢？ 一个"大多数"？ 一个一种文化的土壤孕育出的"种子"？ 一种可能要以"种子"的命运参与构筑它的环境的"主谋者"？ 作家的批判不动声色，犹如"无边无际的早晨"之薄雾弥漫，作家的怜惜也氤氲其间，犹如早晨的无边无际，每一个早晨，就如一个人的成年之前，是不是可以说，这一切，在成人之前，在"早晨"之前，就已命定了呢？ 李佩甫在这部作品中没有做出回答，这也促使了他在此后的一切与平原有关的长篇作品中必须找出一个答案。

从目前来看，他仍在找。

答案也许不止一个。

正如"国"这个人物，也不止一个。 在"国"作为人物出现之前，他在现实当中也许已经出现了无数次，无数个的"个人"，构成了"人物"这个走上了纸面的典型。

那么，"创造"了这一"人物"的人，作家，想要从他的"造物"中寻到什么答案呢？ 这是这次重读我感兴趣的所在。

詹姆斯·伍德在其《最接近生活的事物》一书中，写道："小说经常让我们能正式地洞察某个人人生的形态：我们能够看到许多虚构人生的起始与终结，它们的成长与犯下的错，停滞与漂浮。 小说以很多方式来呈现——依靠它纯粹的视野与篇幅（角色众多的长篇小说，里面有各种各样的人生，有许许多多的起始与终结），也依靠它的精炼与简短（把一个人的人生从开头到结尾彻底地压缩的中篇小说），……"小说的创造者之不凡之处，在于他是一个"造物者"，他创造出一个也许压根在现实中不存在的人物，或者说，他用了一种混合的化学式的方法，造出了一个我们在"这一个"人物身上看到了许多个个人的集合。 那么，"国"，是一个什么样的人物呢？

　　小说给了我们大量的细节。 这些细节摆在那里，让我们眼见一个"人物"的生与"死"，他的与众不同也同时是集合种种的人生起伏。 第一个让人难忘的细节，是"国"的出生，他诞生的特殊场景以及在他的出生之后母亲父亲的先后离世。 村人们把他从灶火灰与血泊中救出的一瞬，就注定了这个人物在这部小说中要始终处于"聚光灯"下的可能。 的确，果然，"国"是包括三婶在内的全村妇女用乳汁一点点喂大的，这是一个吃"百家饭"长大的孤儿。 他们都是给予他生命的亲人。 第二个细节，三叔经过了三次送礼终于为"国"争得了一个也许会改变他人生走向的指标，但"国"却拒绝去，原因在于他没有一件可以穿得出门的衣裳。 而解决了这一面子窘境的是三叔从村中借来的一件绿军装。 这是一个孤儿的"成人礼"吗？ 的确，"国"穿上它，找到了一个人成为人的最基本的体面。 这体面，不是他一个人的，也同时是一个村庄的体面。 但同时你会关注到他也剥夺了村子里另一位青年的体面，那个借他绿军装的男青年因没有这件代了体面的衣裳而相亲失败。 第三个细节，是在事务与人际的应酬中，在人与人的矛盾与争斗中，"国"处于两个方阵的争取与撕裂中，他在夜半回到村庄去找三叔要个答案，三叔，没有告诉他怎么办，只是说若不行的话，就回来吧。 "国"没有回来，也没有选择成为落井下石者。 他的选择，使得他的命运迎来了另一次转机。 同时也让他第一次领略到了某种丛林法则。 然而，这选择是谁——他自己——做出来的吗？ 还是一种土地伦理的自然法则使然呢？ 没有谁追问。 也没有谁能说得清楚。 人与土的关系，一直是一种神秘的力量存在。 它不可解析。 虽然我们的作家一直没有放弃这样的试探。 第四个细节，也是让我极受震撼的，是大李庄村的平坟事件，公路要穿村而过，大李庄村的老老少少男男女女披着被子日夜守着祖先的坟地，领导只得求助于"国"，而"国"站在黑压压的乡亲们面前，他一个个呵斥般地高声叫出三叔们的名字，叫出长辈们的名字，叫出同辈们的名字，他的声音好像已不是从自己的身体里发出的声音，然而，三叔们在这样的呵斥下一个个地败下阵来，而"国"在"聚光灯"下的高光表现，在于他向母亲的坟大声呼叫"儿不孝了"之后指挥人挥动铁锨先平了他母亲的坟。也许是从这一刻，"国"这个人物，与生养他的土地的关系发生了变化，这变化是他自己也始料未及不愿发生的，然而它就是发生了，发生得合乎"这一个"人生发展的逻辑。 果然，"国"获得了提拔，他的"成长"是从人与土的断裂中获得的吗？ 小说只给我们细节，并不提供结论。 第五个细节，是结尾，是的，人"成人"之后，他就不能不面临一个现实的同时也是哲学的问题，那就是——

你是谁？ 生在何处？ 长在何处？ 你要到哪里去？……

"国"一路高升，但从来没能解决这个作为人的最基本的问题。所以当那包"老娘土"被妻子从车中掷出去时，他没有立即喊停车，而是习惯性地让车前行着，直到，突然，他的心、身发生了割裂，心要求他"停车""下去"，捡回"老娘土"，而身却为物役，各种事务安排已没有时间允许他"停车""下去"。小说就在这个开放式的结尾中落下了帷幕。"国"究竟重新获得了那包"老娘土"没有呢？每个读者的答案或许并不相同。这是一个怎样的结尾？我们在小说中先是看到了"这一个"与母亲的"生离死别"，再是看到了"这一个"与土地的断裂，那么，在此，我们看到的是"这一个"也不完全是"这一个"了，或者说，"这一个"已变得不再完整，"这一个"也断成了两截。

那么，"这一个"的目的在哪里？

这可能，真的是我们今天要问的。人的目的，在哪里？"你要到哪里去？"托尔斯泰作品中人的目的，梅列日科夫斯基在其《托尔斯泰与陀思妥耶夫斯基》中讲到的是，"精神的人"。但是在关于乡村的人的故事中，我们已与这样的"精神的人"久违了，我们是不是已经有些时候没看到那样一种"人"了，——"这一个"的"他"是年轻的、健康的、干净的、善良的、单纯的、清洁的、朴素的、诚实的、美好的。以前的文学中，我们曾经多次与"他"相遇，但是又是哪一天，我们错过了"他"。或者是，"他"，在哪里与我们走失了？

　　李治国这个人物当然不是李佩甫关于人的理想状态，从某种程度上讲，这个人物恰是李佩甫要寻求的另一种"人"的背面。 对于这位今天仍一直瞩目于"平原"的作家而言，他想探讨的"土壤与植物"的关系，在他的《无边无际的早晨》之后的几乎每部作品中都藏有答案，但那答案也像植物一样，盘根错节，几乎未有一个顶天立地的大树出现。 那些人物，灌木丛生，却难见大树参天。 当然我们无法过度要求"这一个"作家，他做到了批判，可能也正完成了"这一个"作家的使命。

　　但是，作为读者的我们，还是心有不甘。

　　好了。 总结一下。 让我们回到詹姆斯·伍德的一些我认可的提法，关于小说与现实。

　　一、"小说的世俗冲动是朝向扩展和延伸生活；小说是日常生活份额的杰出交易者。 它把我们生活中的事例扩展成一幕幕的细节，努力把这些事例按照接近于真实时间的节奏放映。"

　　《无边无际的早晨》做到了这一点。 它为我们提供了现实的延伸与生活的扩展，其中我们看到了"国"和"三叔"们以及"国"与他后来的环境所构成的一幕幕细节。 我以上罗列的细节只是这些细节的一小部分，当然作为小说而言，它们对主人公的命运走向起着支撑作用。 的确，它们在小说中，按照人物从出生到成人到迷惑于自己是"谁"的真实的时间节奏，那一幕幕的艺术真实，在我们的视线下构成了

"放映"的冲击。

二、伍德先生在评论英国当代小说家佩内洛普·菲茨杰拉德女士的历史小说《蓝花》时引用了她小说中用诺瓦利斯的一句台词而做的卷首语——"小说源于历史的缺陷"。"……小说想要拯救那些历史从未能记录下来的私密时刻，甚至是家庭自身也可能没有记录下的私密时刻。但是，这些世俗的事例存在于书本的更宏大更严肃的形式中，换句话说，这些短暂的人生，不幸的人生，只不过是历史里的插入句罢了。……是小说经常把我们抛掷于'为什么？'这个问题的宽大、怀疑、恐怖的自由空间的原因所在。这个问题被小说的形式有力地调动了起来：不仅仅因为小说很擅长唤醒人生中普通的事例，也因为它很擅长强调人生是已完成的完整形式。"虽然这段话是讲菲茨杰拉德女士的小说的，但放在这里也相对妥帖。《无边无际的早晨》的现实是有历史感的现实。农业文明的历史，或者土地伦理的历史，乡村自身的历史，我们的历史著述中多有总结，但小说的确是拯救了那些历史中从未记录下，或未能完整记录下来的私密时刻，在更宏大的历史叙事中我们缺失的可能也包括这些"世俗的事例"，小说中李治国"这一个"人物的出现不是从天上掉下来的，也不是作家凭空虚构的。"他"一定是与乡村的历史有着千丝万缕的联系。——小说中的"为什么？"的问题是巨大的，只不过李佩甫借助于"李治国"这一个人物的普通事例，以"他"的人生轨迹而再次唤醒我们罢了。

三、随着小说结尾的"老娘土"的细节出现，随着李治国的身心不一、灵肉分离，随着对于这块"老娘土"是掷去还是捡回的问题的出现，我们再次看到作家李佩甫掷出的那个人类永恒的灵魂问题——

你是谁？生在何处？长在何处？你要到哪里去？……

李治国没有答案。李佩甫也只是提出问题。

那么，也许，另一个人的"解答"值得重视：

"放逐……它是强行挡在一个人与他的出生地、自我与它真正的家之间不可弥合的裂缝：它本质上的悲哀永远无法被克服。虽然在文学和历史中，被放逐者在一生中确实会有一些英雄人物般浪漫光辉甚至是成功的事迹，可这些不过是为了克服疏离感致残的悲伤所做的努力而已。放逐带来的成就，会永远被遗落在身后并丧失的东西遮住光辉。"

伍德对爱德华·萨义德《放逐论》文章中放逐定义的引用有自己的一套解释，比如，他对于被放逐者的"真正的家"的概念更感兴趣。他说："如果存在这种普遍的无家可归，无论它是强加的还是自愿的，那么，'真正的家'的概念就确实经历了一些不怀好意的修正。或许，萨义德的言下之意是说，非情愿的无家可归只强加于那些有真正的家的人身上，所以总是强化了出生地的纯洁性，而自愿的无家可归——我试图界定的那种更为温和的迁移——则意味着家归根到底不可能是'真正的'。"话是说得有些绕，特别是没有上下文的情形下，更是如此。 但这段话还是引出了"流放者的荒漠"和"原初归属地的绿洲"之间的联系人——被放逐者。 李治国不也是在这"荒漠"与"绿洲"间迁徙的人吗？这个"被放逐者"的"真正的家"在哪里呢？ 这个在血缘的意义上失去双亲的人，乡亲们没有将他遗弃而是一点点地养大了他，一程程地送他并成就他，但面对这个在精神的意义上已变得"无家可归"的人，在乡亲们的眼里，他真的是一个成功者吗？ 他真的是他们向往他成为的那种人吗？ 如果是，为什么，他丝毫没有成功的欢喜，而时时体味的却是失家的苦楚呢？ 或者，是不是文学的存在强化了"出生地的纯洁性"呢？

唯一能够肯定的是，"放逐带来的成就，会永远被遗落在身后并丧失的东西遮住光辉。" 李治国经由放逐而遗落并丧失的东西，他是知道的，但就是知道，他依然在那个遗落并丧失的路上回不了头了。 这本质上的悲哀永远无法被人类克服了吗？ 如此，"老娘土"带不带在身边，于李治国而言在情感认同的层面上是不同的，——连这个问题也变作了两难了吗？ 但就其本质而言真的又是没有什么区分的——在他完成"放逐"这一行动之后，他已经一意孤行义无反顾。 这正是"被放逐者"的可悲又可怖的一点。 而这一点，又使得"李治国"这个人物可以无限放大，"他"，何曾不是一个个的你、我，在世界的广漠中不断行走的迁徙者。

小说到此，其实写出的不止一个平原。它所况味的，是有史以来的人性，或者是亘古未变的人性的悖反。

现在，说了那么多讨人嫌的枯燥的理论与分析之后，我终于可以把小说中我最喜欢的段落放在这里了。

> 蓦地，三叔的腰勾下去了，而后又剧烈地抽搐着，麦田里暴起一阵干哑的咳嗽声！那枯树桩一样的身量在振荡中摇晃着，久久不止。三婶慌慌地从麦田里拱出来，小跑着去给三叔捶背……突然，麦田里晃动着许多身影，人们纷乱地蠕动着，惊喜地高叫："兔子！兔子……"

> 这时，国听见"扑哧"一声，他的肚子炸了！他肚子里拱出一个"黄土小儿"。那"黄土小儿"赤条条的，光身系着一个红兜肚儿，一蹦一蹦地跑进麦田里去了。那"黄土小儿"在金色的麦浪里跳跃着，光光的屁股上烙着土地的印章。那"黄土小儿"像精灵似的在麦田里嬉耍，一时摇摇地提着水罐去给四婶送水；一时跳跳地越过田埂去为三叔捶背；一时去捉兔子，跃动在万顷麦浪之上；一时又去帮乡人拔麦子……"黄土小儿"溶进了一片灿烂的黄色；"黄土小儿"溶进了泥土牛粪之中；"黄土小儿"溶进了裹有麦香的热风中；"黄土小儿"不见了……

与生俱来的乡愁。人类的黄金童年。接近真相的理论。 从语言修辞上都无法与这个"黄土小儿"的鲜活形象相比。 那时的他,没有悲怆焦虑,只有生命的欣喜。 然而,坐在车上的李治国只能是躲在车窗后面看着他的乡亲,和想象中或是记忆中的自己。 他与那个"自己"已是隔山隔水,他再也回不去了。

那个"黄土小儿"不见了……

就这样,"他"一步步地失去了自己。

那么,这就是那个结局了?! 不! 作为追读作家多年几乎通读他所有作品的读者之一,我仍心有不甘。 那个健壮、刚毅、有力、纯真、和善而又骄傲的人,那个站在田野之上顶天立地的人,他到哪里去了? 他的雄健刚毅、质朴诚挚到哪里去了? 作为读者的我们要追着要一个答案。

也许,也许。 在不久的将来,无边无际的平原之上,一定还有这样一个"人",一定还有属于这个诞生的新人的一个早晨。

无边无际中。 我如是期待。

2020 年 2 月 26 日　北京

图书在版编目（CIP）数据

无边无际的早晨/李佩甫著；何向阳主编. --郑州：河南文艺
出版社，2020.7

（百年中篇小说名家经典／何向阳总主编）

ISBN 978-7-5559-0817-3

Ⅰ.①无… Ⅱ.①李…②何… Ⅲ.①中篇小说-小说集-中国-
当代 Ⅳ.①I247.5

中国版本图书馆 CIP 数据核字（2020）第 076580 号

丛书策划	陈 杰 杨彦玲		
本书策划	王甲克	责任校对	殷现堂
责任编辑	王甲克	责任印制	陈少强
丛书统筹	李亚楠	书籍设计	书籍／设计／工坊 刘运来工作室

无边无际的早晨
WUBIAN-WUJI DE ZAOCHEN

出版发行 河南文艺出版社
本社地址 郑州市郑东新区祥盛街 27 号 C 座 5 楼
邮政编码 450018
承印单位 河南瑞之光印刷股份有限公司
经销单位 新华书店
开 本 787 毫米×1092 毫米 1/32
印 张 7.5
字 数 139 000
版 次 2020 年 7 月第 1 版
印 次 2020 年 7 月第 1 次印刷
定 价 35.00 元

版权所有 盗版必究
图书如有印装错误，请寄回印厂调换。
印厂地址 河南省武陟县产业集聚区东区（詹店镇）泰安路
邮政编码 454950 电话 0391-2527860